KiWi
PAPERBACK
898

Über das Buch:

Eine erste Liebe: Jens, ein Außenseiter und Vogel-Experte, wird von zwei robusten Mitschülern eine Treppe hinuntergestoßen. Im Krankenhaus lernt er Mara kennen, die gerade versucht, ins Leben zurückzukehren, und ihn dabei mitnehmen will. Beste Freundinnen: Die Krankenschwester Elke und die glück- und appetitlose Journalistin Juli streiten über Leben und Essen und schmieden gemeinsam Fluchtpläne. Ein Doppelspieler am Ende: Malte, Julis Freund, arbeitet an seiner Dissertation »Lachen, wenn die Welt zerbricht« und nutzt seinen Uni-Job regelmäßig für Affären mit seinen Studentinnen – bis er doppelt unverhofft Besuch bekommt. Ein Eigenbrötler rastet in Ruhe aus: Maltes Bruder Bernd, der nach dem Mauerfall als Comiczeichner nach Berlin ging, wird genau zu seinem vierzigsten Geburtstag obdachlos. Er nutzt den Tag, um sich unwiderruflich von seinem Berliner Leben zu verabschieden.

Eine Beziehung zerbricht, eine Liebe beginnt, ein Leben hört auf an diesem achten Achten. Ein Buch voller Komik, Poesie und Melancholie – ein Roman, der zu Herzen geht.

Über den Autor:

1973 geboren, wuchs Michael Ebmeyer in Bielefeld auf, studierte in Tübingen und Barcelona und lebt heute in Berlin. Er ist Texter und Musiker in der Gruppe »Fön«. Außerdem schreibt er für NEON und arbeitet als Übersetzer und Textredakteur.

Weitere Titel:

»Henry Silber geht zu Ende« Erzählungen, KiWi 613, 2001. »Plüsch«, Roman, KiWi 823, 2004. »K.L. McCoy – Mein Leben als Fön«, Abenteuerroman (gemeinsam mit Tilman Rammstedt, Florian Werner und Bruno Franceschini), 2004. Fön: »Wir haben Zeit«, CD bei traumton, 2004.

www.euerfoen.de

Michael Ebmeyer

Achter Achter

Roman

Kiepenheuer & Witsch

1. Auflage 2005

Umschlaggestaltung: Barbara Thoben, Köln
Umschlagfoto: © photonica/Chris Doyle
Autorenfoto: © Martina Lüdicke
Gesetzt aus der Stempel Garamond
Satz: Pinkuin Satz und Datentechnik, Berlin
Druck und Bindearbeiten: Clausen & Bosse, Leck
ISBN 3-462-03627-0

Inhalt

Albatros

Jens spielte nicht mit, er stand nur dabei, und er kaufte die Nervennahrung. So war es immer, und so hätte es auch diesmal sein sollen, an einem Montagnachmittag im frühen August.

Sie waren zu dritt auf dem Weg ins *Kickstart*. An der großen Kreuzung, über die man von Norden in die Innenstadt einfuhr, mischten sich in den Verkehrslärm fremde Laute. Jens war sicher nicht der Einzige, der sie hörte, aber der Einzige, der sie erkannte. Er blieb an der grünen Fußgängerampel stehen und vernahm sie wieder. Kurze Pfiffe, dem Zirpen einer Grille nicht unähnlich, doch brüchiger, sehnsüchtiger. Der Lockruf der Goldammer, daran hatte er nun keinen Zweifel mehr. Verloren unter dem Stöhnen der Lkw-Diesel. Wie konnte sie sich hierher verirrt haben? Die Goldammer besiedelte Felder und Wiesen, offenes Gelände war ihr Lebensraum. Jens legte den Kopf in den Nacken, sein Blick glitt an schmierigen Fassaden empor, dann zum Himmel, über den sich einzelne aufgedunsene Wolken schleppten, vielleicht Vorboten eines Gewitters; die Luft war drückend. Vor den Reihenhäusern am oberen Ende der Kronenstraße hatte man einen Rasenstreifen angelegt und Kirschbäume gepflanzt. *Diese Kirschen kennen keinen Sommer,* dachte Jens. Ein Spruch, den sein Vater manchmal machte, mit dem er aber irgendetwas anderes meinte. Für einen Augenblick ebbten die Geräusche der Kreuzung ab, weil an beiden Straßen die Ampeln auf Rot standen. Doch die Goldammer nutzte die Chance nicht. Jens wandte seinen Blick von den Kirschen. Wenn er länger hier stehen bliebe, würde er Hakan und Rille vor dem *Kickstart* nicht mehr einholen. Beim Laufen hielt er die rechte Hand in der Hosentasche, damit keine Münze herausfiel.

Zwei Etagen Games und ultimativer Netzwerk-Fun, im Parterre erst ab 18, im Obergeschoss schon ein paar Jahre eher. Hakan und Rille kamen fast jeden Tag ins *Kickstart.* Viel war im Obergeschoss nicht geboten, doch immerhin der Formel-1-Simulator, acht Cockpits in einer Reihe, originalgetreu bis hin zu Sitzschale und Gurt. Und sprach sich herum, dass eine verbesserte Animation auf den Markt kam, dann konnte man sicher sein: hier lief sie schon.

Als Jens zum ersten Mal mitgewesen war, hatten sie ihn an die Theke geschickt, Chips und Cola holen, und als er damit anrückte, war ihm kein Geld für die Maschine geblieben. Der gutmütige Hakan hatte ihn dann auf seine Kosten kurz ans Steuer gelassen, aber Jens kam natürlich sofort von der Strecke ab, riss den McLaren auf dem Grün wie ein Irrer herum, rutschte dann rückwärts mitten in die Nordostschlaufe und stand für den Rest der Runde auf der Fahrbahn quer, sodass eine Massenkarambolage das Rennen beendete. Er blieb besser bei seinen Vögeln, keine Frage. Wenn er trotzdem weiter mitkommen wollte, okay. Es gab schließlich hier wie überall auch andere Aufgaben für ihn, als Rennwagen zu lenken.

Jens war ein guter Diener. Seine Pausenbrote waren nie vom Vortag und immer reichlich belegt. Ohne viel Druck brachte er Hakan und Rille auch sonst fast alles, was man brauchte, Zigaretten, Bier, Videos, mal ein Tittenmagazin. Er hätte ihnen wahrscheinlich den Arsch abgewischt, aber so weit gingen sie nicht. Zwar schworen sie, er habe im Park hinter der Schule auf ihren Befehl ein Stück getrockneten

Hundedreck gegessen – na ja, nicht runtergeschluckt, doch immerhin dreißig Sekunden im Maul behalten, sie hatten abgestoppt –, und Jens bestätigte diese Geschichte auch, aber sie stimmte nicht, es war nur manchmal nötig, derlei zu verbreiten, damit in der Klasse die Autoritäten klar blieben. Von einem, der sich nie wehren, nie beschweren würde, der dich, wenn du ihm was sagtest, bloß ein paar Sekunden verwirrt anstarrte und dann tat, was du wolltest – von so einem äußerste Erniedrigung zu verlangen, wäre unsportlich gewesen. Jens konnte froh sein, dass es sich bei seinen Herren um zwei nette und kultivierte Jungs handelte.

Ein dummer Unfall. Etwas von einer Goldammer hatte er geredet, als könnte es jemanden interessieren. Manchmal blubberte es so aus ihm heraus, sie kannten das, hätten nicht weiter darauf geachtet, aber diesmal wollte er gar nicht aufhören. Goldammer, Goldammer, auch von Kirschen erzählte er und von Feldern und Wiesen, von Lebensräumen und immer noch von der Goldammer, auch als sie schon drin waren und es galt, den Schrank mit Drei-Millimeter-Haarschnitt, der im Eingang zum Parterre Gesichts- und Ausweiskontrolle machte, keines Blickes zu würdigen, während man das Foyer Richtung Treppe ins Obergeschoss durchquerte. »Bin ich Hotline oder was«, hatte Hakan auf halber Treppe gewarnt, doch selbst dieses Signal war für Jens nicht deutlich genug gewesen, er redete weiter, sie waren fast oben. »Schnauze jetzt, Mann!« Mit diesen Worten hatte Rille sich nach ihm umgedreht und ihm den Ellenbogen vor die Brust gesetzt, den linken nur, spielerisch. Kein Mensch hätte damit gerechnet, dass Jens durch das bisschen Stoß aus dem Gleichgewicht kommen, gegen Hakans zufällig gestrecktes Bein taumeln und rücklings die Treppe hinunterstürzen könnte. Die Münzen für die Nervennahrung klimperten ihm aus der Hosentasche, und obwohl die Treppe mit einem flauschigen dunkelroten Läufer gepolstert war, blieb er unten liegen wie ausgeknipst.

Der Schrank war gleich bei ihm. »Noch ein Mucks, und ich mach euch fertig!«, fletschte er zu Hakan und Rille hoch, und: »Los, Handy her.« Hakan warf ihm seins zu, und der Schrank rief den Krankenwagen.

Einer, dem als Kind auf Hunderten von Spaziergängen jeder Vogel am Wegesrand als *gefiederter Freund* vorgestellt und ausgiebig erläutert worden war, verachtete spätestens mit vierzehn Jahren alles, was Federn trug. Doch nicht so Jens. Er liebte die Vögel, und sie gaben ihm Kraft. Mehr noch als die Vögel hatte er seinen Großvater geliebt. Väterlicherseits. Opa Lenz. Jens hieß Jens Lenz. Seine Eltern fanden, das hatte Schwung: Jens Lenz.

Der Großvater war ein halbes Leben lang mit seinen Tonbandgeräten durch deutsche Landschaften gewandert, hatte keine Ermüdung und keine Furcht vor dem Fuchsbandwurm gekannt, wenn er in Gras, Unterholz oder Bäumen auf der Lauer lag, um immer reinere Originaltöne für die Schallplattenserie *Singvögel in Wald und Flur* einzufangen. Und es war der warme Bass von Opa Lenz, der auf diesen Platten die Sänger bei ihren Namen nannte. Den Siegeszug digitaler Aufnahmetechnik und das Heer der Minidisc-Amateure in den Balz- und Brutgebieten hatte der Pensionär mild belächelt und sich am Ende, als das unverwüstliche *Uher Report* doch nicht mehr instand zu halten war, auf eine VHS-Kamera eingelassen. Nach Dekaden der Tondokumentation nun alle Singvögel auf Video, für den Hausgebrauch: das Großvorhaben seiner späten Jahre. Es wuchs auf zwei Regalmeter an, musste aber unvollendet bleiben und krankte daran, dass Opa Lenz seinen schönen Bass jenseits der siebzig eingebüßt hatte. Nur noch heiser knarrend, von häufigem Räuspern unterbrochen, drangen zu den statischen Bildern die Worte aus seinem Hals, in derselben Ausführlichkeit allerdings, die Jens von den Spaziergängen seiner Kindheit kannte. Er sah sich die Kassetten immer wieder an.

Vor zwei Jahren im Spätsommer hatte der Großvater seinen letzten Waldgang unternommen und auf dem Rückweg am Rand der Spiegel'schen Felder einen Schlaganfall erlitten. Aus der Zeit danach hatte Jens nur ein Bild von ihm im Gedächtnis: Wie er in einem steifen grauen Sessel saß, Karten mischte und kein Wort sprach, außer wenn Jens eine Partie Canasta mit ihm spielte; und auch dann murmelte er nur ein paar Zahlen. Die Vogelstimmen schien er nicht mehr zu erkennen. Weiße Krümel, wie Bröckchen nass gewordener Kreide, bedeckten sein Haar, seine Schultern und die Sessellehne, weil er darauf bestand, eine uralte, ausklumpende Pomade zu benutzen. Nur einmal noch, es musste ein sonniger Herbstnachmittag gewesen sein, strafften sich die Züge des Großvaters, auf denen ein goldener Schimmer lag. Er ließ sein Blatt sinken und ergriff Jens' Hand. Er schien zum Sprechen anzusetzen, schüttelte dann lächelnd den Kopf, zog den Enkel an sich und drückte ihm einen langen Kuss auf die Wange. Die Berührung seiner Lippen erinnerte Jens an das Küchenpapier, mit dem die Mutter ihm früher Essensspuren aus dem Gesicht gewischt hatte. Und doch durchströmte ihn in dem Moment eine unvergessliche, tröstliche Wärme; wie eine Art Energie, die der alte Mann auf ihn übertrug. Als Jens am nächsten Tag aus der Schule kam, lebte Opa Lenz nicht mehr.

Manchmal konnte man sich einsam vorkommen, obwohl es all die Vögel gab. Die gefiederten Freunde. So viel man auch von ihnen verstand, sie hatten ja doch ihr eigenes Leben, an dem man unbeteiligt blieb. In Momenten, da ihn solche Gedanken verfolgten, schien es Jens fast ein Trost, Hakan und Rille zu kennen. »Man kann sich seine Klassenkameraden nicht aussuchen«, sagte der Vater. Und die Mutter nickte dazu und cremte ihre wunden Hände ein.

Wenn er sich nicht täuschte, war es der dritte Morgen. Es ging ihm besser. Die Hüfte tat noch ziemlich weh, aber der Schwindel hatte nachgelassen, und in seiner linken Armbeuge zeugte nur noch ein kleines Pflaster von den Infusionen. Er erinnerte sich an ein Frühstück. Zwei eingeschweißte Scheiben Vollkornbrot, Honig, ein Eck Schmelzkäse, ein Apfel, Pfefferminztee im klobigen weißen Kännchen. Über dem Tablett das Gesicht einer Krankenschwester, noch nicht alt, doch mit steiler Stirnfalte, und ihre Lider waren geschwollen. Auf dem Kittel ein Keramik-Namensschild: *Elke*. Jens glaubte nicht, dass er von dem Frühstück viel gegessen hatte.

Er blickte um sich. Die Vormittagssonne warf den Kreppvorhang am dreigeteilten Fenster als feines Netzmuster aufs Linoleum. Das linke Drittel des Fensters reichte bis zum Boden, es war die Tür auf einen grauen Balkon. Obwohl kaum ein Windhauch ins Zimmer drang, hörte der Vorhang nicht auf zu rascheln. Der Tag wurde schwül. Neben der Balkontür, in der Zimmerecke, stand eine Vase mit Forsythienzweigen aus Plastik, als wäre hier immer Ostern. An der Wand gegenüber die beiden anderen Betten. Das vordere war leer, in dem hinteren saß ein Mann, dem ein Schlauch aus der Nase hing. Er hielt eine Lupe in der Hand und las in einer lachsfarbenen Zeitung. Jens versuchte, guten Morgen zu sagen, doch es kam nur ein leises Fiepen. Der Mann trug einen karierten Pyjama. Jens stieg die Röte ins Gesicht. Ihn selbst kleidete ein weißes Krankenhausgewand, vorne Nachthemd, hinten nichts. Die Bettdecke verbarg den Mangel. Wo war seine Unterhose? Wer hatte das getan? Der Schwindel kehrte zurück.

Eine Schachtel auf dem Blechtisch neben dem Bett. Zwei Gesichter diesmal. Er schrak aus seinem Dämmer, vergewisserte sich hastig, dass die Bettdecke nirgends klaffte. In der Schachtel waren Pralinen.

»Kleines Mitbringsel«, sagte Hakan. »Nervennahrung.« Am Fenster raschelte der Vorhang. Die zwei Gesichter glotzten.

»Kriegt der überhaupt mit, dass wir hier sind?«

Jens strengte sich an. Luft holen und bis drei zählen: »Hallo.« Nochmal: »Hallo.«

Eins der Gesichter kam näher.

»Na, Alter. Ähm. Hier.« Rille hielt ihm etwas hin. Ein Buch.

»Danke«, brachte Jens hervor, doch er griff nicht zu, rührte kaum die Hände.

»Der ist noch zu schwach«, sagte Hakan. Rille stieß Luft aus, beugte sich über das Bett und hielt Jens das Buch vor die Nase. Auf dem Umschlag das Farbfoto eines Leopardenkopfes, die Schnauze erhoben, den Blick gesenkt. Ein Leopard, der aussah, als ob er gerade die Runde im Klassenraum machte und kontrollierte, ob alle die Hausaufgaben hatten. *Der farbige Brehm,* stand unter dem Kopf. Ein Buch aus dem Regal von Rilles Mutter. Ihr geht ihn besuchen, hatte sie ihren Jüngsten angeschrien, ihr geht beide zu ihm hin, du und der Türke, und ihr sagt, dass es euch leid tut, das ist verdammt nochmal das Mindeste, ihr könnt froh sein, wenn ihr nicht im Knast landet. Rille legte das Buch zu den Pralinen auf den Tisch.

»Steht *Auf Wiedersehen* drauf.«

Jens nickte.

»Nee, Quatsch, Mann. War n Witz. Kannste natürlich behalten.«

»Danke.«

Im anderen Bett hustete der Mann im Pyjama rasselnd und

kämpfte mit dem Format seiner Zeitung. Zwei Gesichter. Und eine Raubkatze mit Deutschlehrerblick. Jens versuchte den Schwindel aus seinem Kopf zu halten, ihn zurück in den Brustkorb zu drücken, aus dem er aufgestiegen schien und wo er keinen Schaden anrichten konnte.

»Und wie gehts so?«, fragte Hakan.

Eins, zwei, drei: »Ganz okay.«

»Hä?«

»Okay.«

»Siehst fertig aus.«

»Fast noch fertiger als sonst.« Rille setzte sein Ich-mache-hier-die-Spielregeln-Grinsen auf.

»Paar Tage noch hier, was?«, brummte Hakan. Jens nickte.

»Ist doch eigentlich ganz geil.« Rille ließ die Arme baumeln und tat ein paar Schritte auf die Fenster zu. »Ich war auch mal im Krankenhaus. Als sie mir das Mittlere von meinen drei Eiern rausoperiert haben.« Hakan schaltete ein meckerndes Lachen ein. Rille warf einen zusammengekniffenen Blick auf Jens. »Nee, natürlich die Mandeln. Und die Schwestern, ich schwörs, die waren geil. Die hatten nichts drunter. Bloß den Kittel, und du konntest alles sehen. Alles.«

Der Schwindel schien auf halber Höhe zu verharren, in Jens' Rachen, reckte sich nur hin und wieder für einen Moment empor. Wenn bloß die Bettdecke dichthielt. Jens spürte, wie ihm Schweiß über die Schläfen rann. Ich muss jetzt was sagen, drängte es in seinem Kopf: Ich bin mit Reden dran.

»Und wart ihr mal wieder im *Kickstart*?«

Rilles Miene verfinsterte sich. Falsche Frage.

»He, der weiß das nicht«, lenkte Hakan ein.

Rille warf das Kinn hoch: »*Kickstart* ist erst mal nicht mehr.«

»Ach so.«

»Alter, wir gehen dann mal wieder. Du brauchst Ruhe.«

»Tschau.«

In der Tür drehte sich Hakan noch um und murmelte gute Besserung. Jens war sehr müde geworden.

Als er wieder zu sich kam, schien nicht viel Zeit vergangen. Dem Mann im anderen Bett war der Kopf nach hinten und die Zeitung nach vorne gesunken, und er schnarchte trocken. Dazu das Rascheln des Kreppvorhangs. Und immer noch kein Lufthauch vom Fenster her. Die Pralinen waren mit Kirschen und Alkohol gefüllt, ihre Schokoladenhüllen in der Hitze schmierig geworden. Sie schmeckten Jens nicht. Aber ihm fiel ein, wo er eine Unterhose finden könnte: im Schränkchen zu seiner Rechten.

Zu Hause, auf dem Bücherbrett über seinem Schreibtisch, hatte er die zehnbändige zweite Auflage von Brehms Tierleben stehen. Hier aber, um sich den stickigen Nachmittag zu vertreiben, war auch der farbige Brehm gut; gekürzt und bearbeitet von Professor Theo Jahn. Jens zog das Buch vom Blechtisch und schlug es an einer zufälligen Stelle auf.

Fast in allen Sprachen ist sein Name ein Klangbild seines Rufes, sowenig richtig dieser in der Regel auch wiedergegeben wird. Wie vielen anderen Vogelstimmen fehlen dem Kuckucksrufe Mitlaute gänzlich, und wenn wir solche zu hören vermeinen, fügen wir sie den Selbstlauten zu. Der Ruf lautet nicht »Kuckuck«, sondern in Wirklichkeit »U-uh«. Da nun aber das erste »U« schärfer ausgestoßen wird als das zweite, glauben wir »gu« zu vernehmen, ebenso wie wir das zweite gedehntere »U« zu Anfang und Ende durch einen G- oder K-Laut vervollständigen, obgleich derselbe nicht vorhanden ist. Wer wie ich jeden schreienden Kuckuck durch Nachahmung seiner Stimme herbeiruft, weiß sehr genau, daß auf den Ruf »Kuckuck« kein einziger kommt.

Nicht wieder der Schwindel, dafür bohrender Kopfschmerz, der sich von der Mitte seiner Stirn her ausbreitete. Jens sah zum Fenster, auf die nackte Betonmauer des Balkons hinter dem Vorhang und auf den blassen, heißen Himmel darüber. »U-uh«, machte er leise. Doch er hatte nicht genug Kraft in seine Stimme gelegt, sie blieb tonlos. Er las weiter:

Wird er durch einen Nebenbuhler besonders erregt, so verdoppelt er den ersten, höheren Laut, und der ganze Ruf lautet dann nach gewöhnlicher Schreibweise »Guguguh«. Kommt ein Weibchen in Sicht, so wiederholt er den dreifachen Ruf zweimal oder verdoppelt, also viermal nacheinander, und fügt ihm dann fast unwandelbar heisere Laute bei.

Jens blickte wieder auf. Das Lesen strengte doch noch zu sehr an. Obwohl ihm der Brehm seit frühester Kindheit vertraut war, hatte er den letzten Satz nicht verstanden. Er musste Geduld haben. Er schob das Buch zurück auf den Blechtisch. Dabei geriet die Schachtel an den Rand, kippte, landete kopfüber. Einige Pralinen rollten ein Stück auf dem Linoleum, hinterließen dunkelbraune Spuren. Im anderen Bett war das Schnarchen verstummt. Augen zu, sagte sich Jens und ließ sich zurücksinken. Der Brehm. Der farbige, der alte, der Tiervater Brehm. Turnvater Jahn und Tiervater Brehm. Opa Brehm. Lenzbrehm, Jensbrehm. Genehm. Bequem.

Doch es wollte diesmal nicht ganz schwarz um ihn werden. Also öffnete er die Augen wieder, starrte die Zimmerdecke an, bis er es trotz der Kopfschmerzen im Bett nicht mehr aushielt. Vorsichtig setzte er beide Füße neben den Schlamassel aus Schachtel, angeschmolzenen Pralinen und hervorgesickertem Kirschgeist. Schön langsam, dann war es hinzukriegen mit dem Aufstehen. Seine Hüfte links, ganz violett. In dem Schränkchen fand er seine Jogginghose, auch seine Hausschuhe.

Es gab feste Regeln, wie man sich auf Klinikfluren bewegte. Die Patienten schlurften, die Schwestern huschten, die Pfleger eilten, die Ärzte schritten, der Besuch schlich. Fliegen konnte keiner, viele wurden gerollt. Das Linoleum knarrte, und der Pyjamamann nörgelte im Schlaf, während Jens die Tür des Krankenzimmers in Zeitlupe hinter sich zuzog.

Einige Flure und ein halbes Treppenhaus später stand er vor einem Schild *Aufenthaltsraum*. Er schwitzte. Als er eintrat, merkte er, dass sich in seinem Rachen Laute formten: »Guguguh, guguguh!«

»Hast du sie noch alle?«, fragte das Mädchen.

Er sah sie an. Außer ihnen beiden war niemand im Raum. Stühle und zwei alte beigegrüne Sofas, an den Wänden Kalenderfotos von Kindern aus der Dritten Welt. Niedrige Tische mit Illustrierten, auf einem auch ein Kartenspiel, auf dem dritten eine Versammlung weißer Teekännchen. Kreppvorhang, Betonbalkon; Plastikforsythien und ein Gummibaum. Dem Mädchen war eine Haarsträhne ins Gesicht gefallen, das aufgekringelte Ende wippte neben ihren Lippen. Haar von einem unwahrscheinlichen Orange, wie Vitaminsaft. Bestimmt gefärbt. Das Gesicht bleich, aber voller Sommersprossen. Er kannte sie. Sie ging auf seine Schule, war ein Jahr über ihm, in der Zehnten. Er kannte sie vom Sehen.

»Ich wollte nur wissen, ob Brehm das richtig aufgeschrieben hat. Das mit dem Kuckuck. Also den Ruf. *Kuckuck* sagt man ja nur so.«

Das Foto, unter dem sie saß, zeigte ein braunes Kind im bunten Poncho. Ein Kind aus Peru, wenn Jens die Bildunterschrift richtig entzifferte.

»Wie heißt du denn?«

Noch immer fiel ihm das Sprechen schwer. Er holte tief Luft: »Jenslenz.«

»Jenslenz?«

»Ich meine Jens. Mit Vornamen.«

»Zu spät. Für mich bist du jetzt Jenslenz.«

Ihre Unterlippe war links mit einem dünnen Silberring gepierct. Neben dem Ring wippte der Haarkringel.

»Wieso das denn?«

Jens Lenz, das ist doch mal ein Name mit Schwung, fiel ihm ein. Und wie sich der Mutter ein starres Lächeln ins Gesicht schob, wenn der Vater diese Meinung aufwärmte. Er setzte sich zwei Stühle neben das Mädchen und rieb sich die Stirn.

»Weil ich es gut finde, wenn man seine eigenen Wörter hat.« Ihre Stimme war dunkel, ganz anders als ihr Gesicht. Er entschied sich für ein »Ah ja«, das klingen sollte, als hätte er keine Schwierigkeiten, ihr zu folgen.

»Deshalb werde ich weiter Jenslenz zu dir sagen. Ich heiße übrigens Mara.«

»Mara. Schön.«

»Wieso schön?«

Er kam sich peinlich vor. »Weiß nicht, weil – ein schöner Name, finde ich. Wir sind auf der gleichen Schule, oder? Du bist doch in der 10.«

»Nee.«

»Aber – ich dachte –«

»In der 10 war ich mal. Jetzt bin ich in der 122.«

»Was?«

»Das ist die Nummer von dem Raum hier.«

»Du kennst dich ja aus.«

»Klar. Ich mach hier ja auch gerade Praktikum.«

Sein Blick verfing sich in den Spielkarten, die schräg vor ihm als unordentlicher Stapel auf dem Tisch lagen. Mit den Rückseiten nach oben, blauweiß und rotweiß schraffiert. Er hob eine auf, Pik sieben.

»Und was macht man da so?«

»Alles Mögliche. Medikamente auspacken, alte Spritzen entsorgen, das Essen auf die Wagen laden. Im Extremfall Ärsche abwischen. Oder hier mal aufräumen, neue Zeitschriften hinlegen.«

»Willst du später im Krankenhaus arbeiten?«

Sie zuckte mit den Schultern und sah ihn an, im Stuhl zurückgelehnt. Die Strähne hatte sie sich hinters Ohr geklemmt. Jens fühlte sich unter ihrem Blick nicht wohl. Der Schmerz hatte sich von seiner Stirn zurückgezogen, ballte sich in der Mitte seines Schädels. Er stellte sich ihn als ein Gewölle vor, einen Klumpen Unverdauliches, der in seinem Kopf festhing. Bilder, die Linderung bringen konnten, sahen anders aus.

»Was ist denn?«, fragte er, als Maras Blick ihn nicht in Ruhe ließ.

»Du glaubst mir alles, was ich dir erzähle, oder? Wie bescheuert bist du eigentlich?«

Zu diesen Worten streckte sie ihm ihre Arme hin. Der rechte war von der Handfläche bis zum Ellenbogen bandagiert, nur der Daumen ragte aus dem Verband. Und ihr linker Unterarm lag sogar in Gips. Jens war zusammengefahren, stammelte Entschuldigung; dass er noch ein bisschen durcheinander sei, Gehirnerschütterung und so. Und nach einer Pause fragte er, was ihr denn passiert sei.

»Was mir passiert ist? Du kannst es dir doch denken. Oder vielleicht kannst du es dir nicht denken. Also – ich habs versucht.«

Das große Küchenmesser. Zwei Hühnerbrüste zugeschnitten. Zwei Zucchini in Scheiben. Nebenan schlug der Kopf des Vaters gegen die pappige Wand, weil er zu Mittag vom Schnaps den ersten Anfall bekam. Das Messer gespült. Und dann rüber in ihr Zimmer, wo alles vorbereitet war. Ratsch, das linke Handgelenk. Es sprudelte gleich los. Ratsch, auch das rechte. Daliegen und auslaufen. Zwei Rohrbrüche. Sie hörte ihr Herz schlagen, lauter als die Musik, die sie angemacht hatte, und dann erschrak sie über sich selbst, denn sie hörte sich schreien. Der Vater war noch nicht zu betrunken, um den Notarzt zu rufen.

Jens starrte auf den Spielkartenhaufen. Das einzige Wort, das er im Moment über die Lippen brachte, war *Mann*. Es schien ihm das falsche Wort zu sein, trotzdem wiederholte er es mehrmals. Auf dem Gang klapperte Geschirr.

»Time to go. Halb sechs, Abendbrot.« Mara war aufgestanden. Noch einmal hielt sie ihm den Gipsarm entgegen und in der anderen Hand einen roten Filzstift.

»Schreibst du mir *Jenslenz* drauf? In einem Wort bitte.«

Der Weg zurück war schwierig. Wie viele Treppen, wusste er noch, aber danach, welche Station, links *P3/HNO* oder rechts *P1/Unfallchirurgie*? Und welche Zimmertür? Ein paar Mal vertat er sich, starrte eine ewige Schrecksekunde lang in fremde, bleiche Gesichter, bevor er wieder auf den Korridor floh, wo ihn erst recht Angst würgte. Schließlich konnte jeden Moment eine der Schwestern hinter den verchromten Servierwagen ihn anfahren, was er hier eigentlich mache, was ihm einfalle, ob er überhaupt das Bett verlassen dürfe. Und sie trugen was drunter, eindeutig. Wäscheränder zeichneten sich unter den Kitteln ab. Trotz des Kopfschmerzes waren seine Sinne geschärft, die Eindrücke stürmten. Dann endlich, ihm knickten beim Griff nach der Klinke fast die Füße weg, die richtige Tür.

Von der Schachtel Pralinen neben seinem Bett war keine Spur geblieben. Doch in seinem Traum kehrte sie wieder. Glitt ein ums andere Mal vom Tisch und fiel in Zeitlupe zu Boden. Auf dem Linoleum platzten die Schokohüllen. Aus den Pralinen kringelten sich Haarsträhnen, orange wie Vitaminsaft, aus einer auch ein dünner grauer Schlauch, der quer durch den Raum schnellte, um dem Pyjamamann in die Nase zu fahren. Jens blickte auf. Über seinem Bett schwebte Maras Mund. Panik durchzuckte ihn: Hielt die Decke dicht? Maras Mund öffnete sich zu einem Lächeln. Jens fühlte sich beruhigt; er lächelte zurück. Und er hörte Maras Stimme: »Guguguh!« Es drängte ihn, laut loszulachen, doch er riss sich zusammen. »Wenn man seine eigenen Wörter hat«, sagte Maras Mund. Dann begann es aus den schwebenden Lippen zu zwitschern. Ein ganzes Waldrandkonzert. Er unterschied Kohlmeise, Kleiber, Zilpzalp, Rotkehlchen, Stieglitz, Wacholderdrossel, Buchfink und mehrere Grasmücken. Er holte Luft, um selber mit einzustimmen. Da sah er, dass ihre Lippen bluteten, an der Stelle, wo sie das Piercing hatte. Der dünne Silberring fräste sich wie eine kleine Waffe durch die bleiche Haut um ihren Mund, schon waren die Lippen vor lauter Blut gar nicht mehr zu erkennen. Doch ihr Gesang ging weiter. Er kauerte, barg das Gesicht zwischen den Knien, versuchte sich die Decke über den Kopf zu ziehen, und plötzlich war es nicht mehr die Pralinenschachtel, die neben dem Bett aufs Linoleum stürzte, sondern er selbst. Um ihn her geriet alles in wilde Drehung, dazu das Rascheln des Vorhangs am Fenster und ein scheußlich knirschender Laut, wie wenn ein Schrank verschoben wird. Dann sah er seinen Kopf auf dem Boden liegen, unter den zerstreuten Pralinen. Der Schädel klaffte in zwei Hälften, und zwischen ihnen quoll ein dicker braungrüner Klumpen Gewölle ans Licht.

Er fuhr keuchend auf, doch es dauerte noch lange, bis er den Traum ganz abgeschüttelt hatte. Das Laken unter ihm war nass. Ihn beschlich ein entsetzlicher Verdacht. Aber nein. Wenigstens das nicht. Nur Schweiß. Oder? An Schlaf war für den Rest der Nacht nicht mehr zu denken, zu drückend die Luft, obwohl die Balkontür halb offen stand. Draußen schien es sich kaum abgekühlt zu haben. Das Schnarchen des Pyjamamanns ging durch Mark und Bein.

Mara. Stumm formten seine Lippen ihren Namen. Auf dem Schulhof war sie ihm öfters aufgefallen, mit diesen leuchtenden Haaren. Aber mit Mädchen, erst recht mit welchen aus dem Jahrgang drüber etwas anderes zu tun, als sie von ferne anzuschauen, war kaum vorstellbar. Hakan und Rille redeten zwar viel von Titten, Ärschen und Mösen, doch dass sie mit den Mädchen, über die sie besonders gerne so redeten, selbst ins Gespräch kamen, geschah selten und wenn, dann nur sehr kurz. Jens fiel es schwer, Verbindungen herzustellen zwischen den Mädchen in den Zeitschriften, die er seinen Herren manchmal kaufen musste, und den Mädchen aus der Zehnten. Bloß dass er sie alle unerreichbar fand.

Ihm war, als hätte er Mara in den Pausen eher alleine herumstehen sehen als mit anderen. Er hatte ein Bild von ihr im Kopf, am Maschendraht, mit Zigarette, sie blickte in den Himmel. Vielleicht phantasierte er sich das jetzt zurecht. Maras Handgelenke, das Küchenmesser. Wie konnte man so was tun? Ihn schauderte. Man durfte es nicht, so viel war sicher. *Sich selbst auslöschen.* Was für ein Gedanke. Das Leben war dem Menschen gegeben, der Mensch hatte kein Recht, es selbst zu beenden. Nicht das des anderen und nicht das eigene. Es war auch unbegreiflich, wie jemand den Mut aufbrachte. Vielleicht wenn man die Gewissheit hätte, als etwas Schönes wiedergeboren zu werden. Als Albatros. Gab es Wiedergeburt? *Wir sind alle Teil einer Kraft, die Leben heißt,* hatte Opa Lenz gesagt. Könnte der Teil dieser Kraft, der jetzt Jens war, beim nächsten Mal einen Albatros bilden? Würde er imstande sein, sie zu fragen, warum sie es versucht hatte? Wie sie darüber sprach. Als ginge es um eine dumme Geschichte aus lang vergangener Zeit. So ein Zufall, sie hier zu treffen. Er hatte mit niemandem außer seinen Eltern gerechnet. Schon Hakan und Rille waren die große Überraschung gewesen. Und beide freundlich, fragten ihn, wie es ihm ging, brachten Geschenke. Und sie hatten ihn Alter genannt, das war das Beste. In der Schule sagten sie Piepmatz zu ihm. Und die ganze Klasse machte es ihnen nach.

Alter, wie gehts? – Ganz okay. Ganz okay schon wieder.

Und nun sie. Hier. In einem Aufenthaltsraum im städtischen Krankenhaus. Nummer 122. Und er konnte mit ihr reden, ganz gut sogar und sogar ziemlich lange. Na ja, sie lachte ihn aus, aber es war nicht schlimm. Bloß das mit dem Küchenmesser.

Rascheln, Röcheln, Kreppvorhang, Pyjamamann. Draußen begannen zwei Amseln den Tag zu grüßen. Das feuchte Laken spendete ein wenig Kühle.

In einer Stunde würde es schon wieder Frühstück geben. Und ein neues Betttuch. In zwei Stunden würde ihn seine Mutter besuchen, auf dem Weg ins Büro, und etwas später ein eiliger Arzt.

»Was für Musik würdest du hören wollen, wenn du stirbst?«

Er musste sich räuspern und brachte ein »Weiß nicht« hervor. Mara saß wieder unter dem Kalenderkind im bunten Poncho. »Ich finde, es darf nichts Aktuelles sein«, sagte sie. »Sondern etwas, das für dich zeitlos ist.«

Eine Frage drängte sich auf und rutschte ihm nach einer Weile auch heraus: »Was hattest du denn angemacht?«

»Cowboy Junkies, *Trinity Session*.«

Kannte er nicht. Er kannte sich sowieso nicht aus mit Musik. Natürlich wäre es schön, man würde die Vögel singen hören, wenn man sterben musste. *Singvögel in Wald und Flur.* Als Kind hatte er *Flur* im Sinn von Korridor verstanden, aber die Welt der Erwachsenen war ohnehin voller Seltsamkeiten gewesen, da konnte man sich nicht über jede einzelne wundern. Ihm fiel ein, dass es ein Musikstück gab, das *Albatross* hieß, auf einer alten Platte seines Vaters. Glaubte er zumindest. Ihm war heiß.

Mara sagte, dass sie jetzt jeden Tag zu einer Irrenärztin gehe und dass sie der Irrenärztin jeden Tag versicherte, es sei ein Aussetzer gewesen, ein Kurzschluss, und werde nie wieder vorkommen. Der Schreck und der Schmerz hätten sie von solchen Flausen kuriert. Auch mit ihren Eltern habe die Frau Doktor schon zweimal gesprochen.

»Stimmt es denn, dass es ein Aussetzer war?«

»Du bist nicht mein Irrenarzt, oder?«

Er blieb stumm und starrte in die Ecke des Raums, in der ein Gummibaum verstaubte. Mara stieß ihm ihren linken Ellenbogen in die Seite.

»Das sollte jetzt nicht heißen, dass du nichts mehr sagen darfst.«

»Kennst du das *Kickstart*? Da bin ich manchmal. Nachmittags.«

»Echt, du verbringst deine Nachmittage in so einer Dumpfbackenhöhle?«

»Findest du das *Kickstart* scheiße?«

»Ich kenne es nur von außen. Bist du ein Spieler?«

»Nee. Ich spiele eigentlich nie.«

»Warum gehst du dann da hin?«

»Nur so halt. Wenn ich Lust habe, was zu machen.«

»Nein, Vögel interessieren mich nicht besonders. Bisher zumindest.«

»Dachte ich mir.«

»Wieso dachtest du dir das?«

Er wusste keine Antwort. Sie sah ihm so lange ins Gesicht, bis er ihren Blick erwiderte.

»Aber ich mag es, wenn man etwas ganz für sich hat«, sagte sie. »Eigene Wörter, eigene Welt.« Sie sprang auf, breitete die verbundenen Arme aus und tänzelte vor dem Tisch mit den Spielkarten: »Jenslenz und die wunderbare Welt der Vögel!«

»Gibt es auch was, das *du* ganz für dich hast?«

»Sag ich dir nicht. Piep, piep, piep!«

Sie machte weiter mit ihrem Ballett, und er fragte sich, was für eine Reaktion sie von ihm erwartete. Es fehlte nicht viel, und er hätte vom Wetter angefangen. Schon wieder so ein unglaublich heißer Tag. Der achte Achte, oder? Rekordsommer. Michaela hieß das Hoch. Michaela, Mara. Aber ein Hoch würde sich doch nicht die Adern aufschneiden.

»Dein Vater ist Trinker?«

»Mein Vater ist Arschloch.«

Sie kam auf seinen Stuhl zugetrippelt. »Tanz mit mir, Jenslenz.«

Sie lachte, wahrscheinlich weil er erschrak.

»Komm.« Sie hatte sich vorgebeugt. Ihr Gesicht kam ihm ziemlich nah. Anscheinend wollte sie es so. Und als er die Augen niederschlug, erblickte er die oberen Hälften ihrer – ihrer Titten. Der Gips, auf dem sein Name stand, streifte sein Knie.

»Ich kann gerade nicht so gut greifen, sonst würde ich dich hochziehen. Also steh schon auf, du wirst ja wohl einer Dame ihren Wunsch nicht abschlagen.«

»Ich kann überhaupt nicht –«

»Du willst mich bescheißen, oder? Der berühmte Jenslenz soll keinen Vogeltanz können?«

Er hatte sich erhoben und fühlte sich wieder ein bisschen schwindelig. Dicht vor ihm machte Mara lächelnd einen Knicks, legte ihren Gipsarm auf seinen Rücken und streckte den anderen aus. Erst im dritten Anlauf brachte er es fertig, auch ihren Rücken zu berühren und ihre Hand sogar ein bisschen festzuhalten.

»Wir fangen langsam an, okay?«, sagte sie und setzte sich in Bewegung. Lenkte ihn seitwärts zwischen den Tischen durch, in die Mitte des Raums, wo Platz war. Mit dunkler Stimme summte sie irgendetwas, das wohl die Melodie zu einem Vogeltanz sein sollte, und wiegte sich zu den Tönen hin und her, und er mit. Sie war so nah, dass ihre Haarsträhne ihn am Kinn kitzelte. Ein Schauer überlief ihn. Er hatte gerade ihr Piercing gespürt. An seiner linken Wange, den kleinen warmen Ring.

»Jetzt etwas schneller.« Sie beschleunigte die Melodie und begann wieder mit Trippelschritten, und weil er nicht rechtzeitig mitging, presste sich für einen Augenblick ein weicher Schenkel gegen seinen, er fuhr zusammen. »Ein bisschen nachgeben, bitte«, sagte sie ihm spöttisch ins Ohr, und er wollte sofort eine Entschuldigung stammeln, doch es kam nichts, zum Glück. Er suchte nach Bildern, um dem Schwindel zu entfliehen, und der Albatros fiel ihm wieder ein, Tausende Meter hoch über dem Meer. Er schloss die Augen. Der Albatros und Maras Stimme, der Körper eines Mädchens so nah wie noch nie. Manche gingen in seinem Alter zur Tanzschule, fiel ihm ein, und sofort stolperte er wieder. Mara unterbrach ihr Summen für einen kleinen unwirschen Laut. Beim Albatros bleiben, ermahnte sich Jens und blieb beim Albatros, und Mara und er wurden noch schneller mit dem Tanz und begannen sich zu drehen, stießen gegen die Tische, streiften den Gummibaum und lösten sich nicht voneinander, bis Schwester Elke in den Raum trat.

Jens blickte in dasselbe bekümmerte Gesicht, das er gestern über seinem Frühstückstablett gesehen hatte; der erste klare Anhaltspunkt nach den Tagen des Dämmerns. Schwester Elke stand reglos in der Tür, drei beigefarbene Sofakissen im Arm, und es schien Jens, dass ihr Gesicht, ja, ihre ganze Person sich in diesen Momenten zurückzog auf die steile Falte in ihrer Stirn, als wollte sie darin verschwinden.

Dann brach es aus ihr heraus. Was denn das hier solle. Was ihnen beiden einfalle. Sie drehe bald durch. Wenn das Leben eine scheiß Teeny-Klamotte sei, hätte man ihr das doch bitte mal vorher sagen können. Dann hätte sie manches anders gemacht. Sie habe keine Lust mehr, wirklich nicht. Sie war ein paar Schritte zur Seite gegangen und schien noch weiter schimpfen zu wollen. Die Kissen hatte sie über einem der Sofas fallen gelassen. Mara und Jens huschten an ihr vorbei, auf den Flur, mit roten Gesichtern, und so schnell es ging weg von hier, in verschiedene Richtungen. Es war ein zehrender Tag für Schwester Elke, es hatte schon lange keinen Tag mehr gegeben, der nicht an ihr gezehrt hätte. Aber das konnten die beiden ja nicht wissen.

Ballons

Den Abend verbrachte Elke Czarnik mit ihrer besten Freundin. Sie waren um acht im *Al Dente* verabredet, und Elkes Laune hatte sich nach Dienstschluss nicht gebessert. Bloß für einen winzigen Moment, als sie aus dem Bus stieg, mogelte sich ein angenehm alberner Einfall zwischen die trüben Gedanken: Kandidatin bei *Wetten, dass* sein und hundert Restaurants, die *Al Dente* hießen, hundert deutschen Städten zuordnen können. Aha, man hat noch Träume, ergänzte sie sogleich, und wie ein Stück Blei sank er weg, der kleine Einfall.

Der Abend war schwül, drückender noch als die vorigen. Dass sie in einem Aufenthaltsraum der Klinik zwei Teenager bei einer Art Tanz überrascht und durch eine Art Wutausbruch verscheucht hatte, lag gut drei Stunden zurück. *Schreckschraube, Schreckschraube,* rief eine hämische Stimme in ihrem Kopf und war nicht allein. Es gab Stimmen, die sie schon länger hörte, *Der Countdown läuft,* plärrten die, und *Hinschmeißen* und *Almwiesen,* und um sie zum Schweigen zu bringen, gab es nur ein Mittel: Sie musste sich einen grauen Nebel denken, der in ihrem Kopf aufstieg, ihn nach und nach ganz erfüllte, alles andere daraus verdrängte. So konnte es nicht weitergehen.

Drei Schieferstufen hoch zur Trattoriaterrasse. Hier staute sich die Hitze unter der ausladenden Krone einer Platane. Ein geölter Kellner bahnte Elke den Weg zum reservierten Tisch, entzündete ein Teelicht in einem Glas, sagte *Signorina* und fragte *Prosecco*. Sie willigte ein. Juli würde auf sich warten lassen, wie früher, wie jedes Mal. Bestimmt ein halbes Jahr hatten sie sich nicht getroffen, auch kaum mehr telefoniert. Wenn man nicht aufpasste, ging man einander verloren, ganz leise, nach all der gemeinsamen Zeit. Und doch ärgerte sie sich fast, dass sie nicht abgesagt hatte.

»Prego, signorina.« Der Prosecco kam schnell, ein paar gefüllte Gläser standen immer auf der Theke bereit. Hoffentlich noch nicht zu lange. Elke legte ihr Handy vor sich auf den Tisch, lehnte sich zurück, saß unbequem, fand die Terrasse zu laut, packte das Telefon wieder weg und riss ein Häutchen aus dem Nagelbett ihres linken Ringfingers. Gleich zwanzig nach acht.

Juli Einhorn in einer luftigen scharlachroten Leinenbluse. »Ich bin und bleibe eine Katastrophe, entschuldige, entschuldige!« Bevor Elke aufstehen konnte, war sie schon umarmt, von schräg hinten, Juli hauchte ihr ein drittes *entschuldige* ins Ohr, ihre Wange presste sich, ein bisschen verschwitzt, gegen Elkes. Ein Duft von Kirschen und Bergamotte lag um ihren Hals, eine Tasche aus bunten Gummiresten landete neben Elkes Ledersack auf dem dritten Stuhl am Tisch. Kein Prosecco für Juli, erst mal nur ein Mineralwasser.

»Lass dich anschauen, Süße.« Um ihren linken Unterarm schlingerte ein breiter Silberreif, den Elke ihr vor Unzeiten geschenkt hatte. Juli und ihr Sinn für Details. Sie nahm auf dem Tisch Elkes Hände, und Elke spürte ein Brennen vorne am Ringfinger. Sie hatte nicht vorsichtig genug an dem Häutchen gerissen, schon wieder eine kleine Entzündung.

Julis Augen, schattiger als in Elkes Erinnerung. Ihr Haar in einem neuen Aubergine-Ton, für den es sicher nicht nur modische Gründe gab. Und sie kam Elke erschreckend hager vor.

Doch es hatte sich tröstlich angefühlt, von ihr umhalst zu

werden in dieser fraglosen, stürmischen Art, als wäre es ganz leicht, zur alten Nähe zurückzuspringen, an tausend geteilte Abende anzuknüpfen; als wäre das letzte halbe Jahr ein Zwischenraum ohne Bedeutung. »Erzähl mal«, sagte Elke schnell, um nicht selbst die Erste zu sein, und Juli schob sich den Reif zum Ellbogen hoch und sagte, es gebe nicht viel zu erzählen. Beruflich alles wie gehabt, nur schlimmer, es landete ja jede Woche wieder ein Schwung Redakteure auf der Straße, immer größer das Gedrängel um die paar Zeilen, die in den Überresten unserer Presselandschaft noch zu füllen waren. Sie versuche sich weiter durchzuwursteln, wählerisch konnte man nicht sein. Zum Trost manchmal eine kleine Geschichte in der *taz*.

Der Kellner kam dazwischen, wippte, den Block gezückt, unentwegt auf den Zehen, ließ sich durch Julis spöttischen Blick nicht beirren. Für Elke die Pizza Pavarotti, dazu den Rosato della casa. Juli blieb beim Wasser und bestellte einen gemischten Salat. Öl und Balsamico bitte an den Tisch, zum selber Dressen. Der Kellner trabte mit seinen Notizen und dem leerem Sektkelch nach drinnen, nicht ohne noch ein paar Brocken Italienisch unter der Platane zu lassen.

Juli setzte wieder zum Sprechen an, doch ein Bild kam ihr in die Quere: Dass die steile Falte, die Elkes Stirn in Hälften teilte wie ein aufgeschlagenes Buch und auch beim Lächeln nicht mehr verschwand, zumindest nicht bei dem Lächeln, mit dem sie auf Julis Blick reagierte, dass diese altbekannte, neu vertiefte Elkefurche sie, Juli, plötzlich aufsöge und verschlänge. *Schlrrrp*, weg. Hätte Elkes Gesicht, mit Abstand betrachtet, nicht auch das einer Sektiererin sein können? Etwas Unbedingtes in ihren Zügen. Oder war es nur etwas Krankenschwesterliches, begann sich die Arbeit in ihr Antlitz zu graben, sah man Juli die verkrachte Journalistin genauso an? Das aufgeschlagene Buch war jedenfalls kein guter

Vergleich. Und Schweigen schwieriger als Sprechen, zumal bei dem sommerabendlichem Launepegel ringsum. Also fuhr sie sich durchs Haar und fing doch wieder an, von einer neuen Zeitschrift, die in dem Verlagshaus, in dem sie volontiert hatte, zurzeit entwickelt werde, noch nicht spruchreif, aber da habe sie einen Fuß in der Tür.

Eine Kette bunter Glühbirnen erstrahlte, von der Gebäudemauer aus über Eck bis zu den unteren Ästen gespannt, der Kellner brachte Getränke und Besteck, und Elke konnte sich nicht helfen, ein Fuß in der Tür war für sie gerade eine schmerzhafte Vorstellung. Überhaupt, Juli mit ihrer Art, immer ein bisschen zu schnell zu reden, dabei jedes Wort ein bisschen zu deutlich auszusprechen, Juli mit diesem leichten Überschwang in jeder Geste, erinnerte sie diesmal an die Patienten, die hofften, sich durch Tapferkeit bei der Untersuchung einen gnädigen Befund einzuhandeln. *Schön, wie du der ganzen Welt deine schlechte Laune andichtest,* verspottete Elke sich innerlich und redete, weil das ja fürs Erste zwischen ihr und ihrer besten Freundin die Ebene zu sein schien, auch ein wenig von ihrem Job, von der Debatte in der Klinik, ob ein alter, klösterlicher Sprachgebrauch endlich zu überwinden sei und die Pflegerinnen nicht mehr als Schwester plus Vorname, sondern als Frau plus Nachname auftreten sollten. Die Jüngeren unter den Schwestern und alle männlichen Pfleger waren für die Neuregelung, einige Altgediente strikt dagegen, die Ärzte taten in beide Richtungen verständnisvoll, doch die meisten von ihnen nahmen das Anliegen nicht wichtig.

»Und Erik?«

Erik, der große Duzer, ließ sich ja möglichst von der ganzen Station beim Vornamen rufen. Aber wenn es offiziell wurde, war er eben doch Doktor Delius, und sie war Schwester Elke.

Der Kellner näherte sich mit dem Essen.

»Doktor Delius und Schwester Elke, das könnte doch vielleicht unser nächstes Thema sein.«

»Nicht das nächste«, sagte Elke nach kurzem Zögern und wich dem Schwung aus, mit dem der Kellner ihr die Pizza vorsetzte. »Willst du gar nichts anderes als Wasser trinken?«

»Ach, mir ist heute ein bisschen flau.«

»Dann gute Besserung.« Sie hob ihr Glas.

»Hintergrundrauschen«, erwiderte Juli.

So hatten sie eine Zeit lang geprostet, als die Jungs aus ihrer Klasse einen Hang zu ranzigen Trinksprüchen entwickelt hatten und frau darauf irgendwie reagieren musste. Ewig war das her. Alles war ewig her, daran konnte auch Julis Talent zum Heraufbeschwören nichts ändern. Doch die Pizza überzeugte. Dörrtomaten, Rucola, Parmesan, immer eine erfreuliche Verbindung. *Buon appetito,* und fürs Erste bitte gar keine anderen Gedanken mehr.

Misstrauisch balancierte Juli die Karaffe mit Olivenöl über ihrem Salat, lockerte den Korken millimeterweise. Endlich, ein winziger Tropfen hatte sich gelöst. Sofort schwang die Karaffe in die Vertikale. Dann die gleiche Prozedur noch einmal, bis zum nächsten Tropfen. Ein grauenvoller Anblick. Elke sagte nichts. Versuchte bloß wegzusehen und schnitt, während Juli die homöopathische Dosis Öl durch sorgfältiges Umschichten im Salat verteilte und irgendwann ein erstes Blättchen auf die Gabel nahm, demonstrativ immer größere Stücke aus dem Teig, Bissen, die sie kaum in den Mund bekam. Und in ihrem Kopf legte wieder das Gekreische los, schwoll rasend an, sie musste den Nebel aufsteigen lassen.

Der Countdown läuft. Für eine innere Endlosschleife war kein Spruch zu blöd, und diesen hier hatte es natürlich zum Dreißigsten gegeben, erst von ihrer lauten Tante, selbst kinderlos, dann von einer einfältigen Kollegin, von verfrühter Mutterschaft gezeichnet. Und in Elkes Fall lagen die Dinge doch denkbar günstig und groschenheftklar, sie und der feingliedrige junge Belegarzt, eine Romanze, von der die Klinik sprach, einschließlich der Patienten. Eine Familie gründen, ein Eigenheim bevölkern, voilà, Ihr weiteres Leben, Frau Czarnik, Vorzugslage, suchen Sie sich schöne Polster dazu aus. Wir zählen rückwärts, verraten aber nicht, wo wir anfangen.

Hinschmeißen. Mit dieser Stimme konterte eine Elke von früher, die irgendwo tief verstrickt und halb vergessen überdauert haben musste. Zum Beispiel die Elke, die an einem Winternachmittag irgendwann in den Achtzigern überwältigt vor dem Plattenspieler im elterlichen Wohnzimmer kauerte, weil die Klänge von Bachs C-Dur-Sonate ihr ein Tor in den Himmel öffneten. Von dem Tag an musste sie unbedingt selber Querflöte spielen, auch wenn das sonst nur Patrizierschnepfchen taten, und übte dann wie besessen, um sich am Konservatorium zu bewerben. Und die Elke, die, nachdem sie sich das Konservatorium wieder aus dem Kopf geschlagen hatte, für ein Au-pair-Jahr in die nördliche Provence ging und fünf Jahre blieb, in einer ländlichen Lebensgemeinschaft Lavendel erntete, riesige Aprikosen zu Marmelade einkochte und schließlich die Käserei und die Kammermusikabende leitete, bis der Tod ihres Vaters sie nach Deutschland zurückriss. Über Formalitäten, Sinnfragen und Muttertrösten war sie dann hier hängen geblieben und hatte sich auf die Ausbildung zur Krankenpflegerin eingelassen. Und nun drohte die Elke von früher also ganz abhanden zu kommen, und vielleicht hatte die Stimme Recht, vielleicht war es höchste Zeit, nach vorne auszubrechen, sich auf einen Schlag aus ihrem Kokon zu befreien, das versprochene Happy End einzutauschen gegen ein paar neue Folgen. Denn für ein Ende, egal was für eines, war es zu früh; so viel zumindest spürte sie sicher.

Almwiesen. Urlaub stand bevor, von heute Abend an hatte sie frei, ab morgen früh, wenn sein Notdienst vorbei war, auch Erik. Drei Wochen, und ein befreundeter Oberarzt würde ihnen einmal mehr sein Häuschen im Allgäu überlassen. In den Bergen kam Erik zur Ruhe wie sonst nirgends. Er träumte von Touren durch Peru und Chile, aber dafür, fand er, müsste man sich mal richtig Zeit nehmen, sich mal mindestens ein Vierteljahr aus allem herausziehen, und solange er das nicht hinbekam, bot das Allgäu verlässlich Ersatz. Alles war schon abgemacht, als Elke sich zu sträuben begann. Von seinen Gebirgsschwärmereien angestachelt, steigerte sie sich dabei auch ein bisschen hinein, noch nie habe sie solche Sehnsucht nach dem Meer gehabt, ein Bad in der Brandung wurde ihr zum Urerlebnis, zur Wiedergeburt, bis Erik die Hände rang und rief, gegen solche Argumente sei er als Schulmediziner natürlich machtlos, und dabei lächelte er sein zartes Lächeln, das sie nicht mehr jederzeit schmelzen ließ.

Eine bergige kanarische Insel ihretwegen, als Kompromiss, Klettern und Baden mit einer Klappe und schon auf halbem Weg in die Anden.

Aber sie habe sich im Allgäu doch immer so wohl gefühlt, und gleich hinterm Haus der kristallklare Bergbach, und die nahe Käserei, das habe sie selbst gesagt, bringe ihr Bilder aus ihrer Zeit in Frankreich zurück. Und wie der Morgendunst langsam zerflösse, wie die Steilwand der Rotspitze in der Sonne leuchtete und wie abends im Kamin die Reiser prasselten, dazu ein gutes Fläschchen und die C-Dur-Sonate, von James Galway geblasen. Und nach La Palma flöge man doch besser zu Weihnachten, so hatten es doch Juli und ihr nervöser Freund letztes Mal auch gemacht.

Die Stimme rief hartnäckig *Almwiesen,* obwohl sie genau

wusste, dass dies eine unsinnige Verdopplung war, eine Alm war schon eine Wiese, aber eben drum, die Stimmen wollten schließlich nerven, zermürben, was sonst.

Eriks Gesicht: Grübchen, die grauen Augen dreieckig unter schrägen Lidern, mittelkurz gehaltene dunkle Locken, die sich langsam von der Stirn zurückzogen. Man sah ihm gerne zu, egal was er tat. Ein hoch talentierter Operateur, aber er hatte sich gegen eine Klinikkarriere entschieden, belegte nur noch dienstags und mittwochs seine zehn Betten auf der Station und arbeitete sonst in einer Praxisgemeinschaft. Elke fand den Klassiker *Schwester trifft Arzt* so abgeschmackt, dass sie ein Jahr gebraucht hatte, um sich einzugestehen, dass der junge Doktor mit dem Aussehen eines Orchestermusikers sie nicht kalt ließ. Er selbst versicherte, schon in den ersten gemeinsamen Dienstbesprechungen habe er an ein Geschenk des Schicksals geglaubt.

Als sie endlich in eine Verabredung einwilligte, wäre fast noch alles schief gegangen. Ich hole dich ab, hatte sie gesagt und war abends zu ihm in die Praxis gekommen. Die Kollegin, mit der er die Räume teilte, war schon fort, eine Arzthelferin mit neonroten Strähnen und argwöhnischem Blick hängte noch ihren Kittel in den Korridorschrank. »Wie schön«, sagte Erik mehrmals. Elke wusste darauf außer einem Lächeln nichts zu erwidern und sah sich um. Teppich, Wände, das Furnier der Empfangstheke: alles in freundlichem Pastell. Ungemildertes Weiß hatte man vermieden. Nicht jedoch das Konzept der zwei Wartezimmer, von denen eines, das mit den verstreuten Freischwingern und dem Zimmerspringbrunnen, den Privatpatienten vorbehalten war. Bei Privilegien schlug Elkes Gerechtigkeitssinn immer schnell Alarm, und in diesem Fall noch etwas lauter als sonst. Verdutzt begann Erik nach Rechtfertigungen zu suchen, ohne die Privaten könne man so eine Praxis ja dichtmachen, und es gehe doch nur darum, ihnen ein bisschen was vorzuspiegeln, in der Behandlung gebe es natürlich keinen Unterschied, sie kämen auch nicht früher an die Reihe. Elke fühlte sich verschaukelt. Ein Zwei-Klassen-Doktor hinter der bezaubernden Maske, sie hätte es wissen müssen.

»Und von jeder Rechnung gibst du eine Mark an *Brot für die Welt,* stimmts?« Sie wollte hinzufügen, dass es wohl doch keine gute Idee gewesen sei mit diesem Abend, aber der Blick, den der Entlarvte auf sie richtete, ließ sie innehalten. Sie fand keine Spur von Borniertheit darin. Und er sagte, vielleicht habe er über die Wartezimmerfrage noch nicht genug nachgedacht, auf jeden Fall sei er ihr dankbar, dass sie ihn darauf aufmerksam gemacht habe.

»Soll das ein Witz sein?«

»Nein. Ehrenwort.« Er hob die Hand zum Schwur. Sah ihr fest ins Gesicht. Sie musste lachen.

Er hatte die Situation also gerettet. Er war gut darin, Situationen zu retten, sie sollte ihn noch oft dafür bewundern. Zugleich aber machte die Szene doch deutlich, dass alles von Beginn an unter Vorbehalt gestanden hatte.

Gut, die – wie lange eigentlich? drei, dreieinhalb Jahre seither waren harmonisch verlaufen. Man konnte auch sagen: harmoniesüchtig. Denn das war er zweifellos. Allerdings ließ sich ihm daraus kein Strick drehen, er floh ja nicht, scheute keine Auseinandersetzung, im Gegenteil, er wollte jedes Problem, jeden Anflug von Verstimmung sofort besprechen, in seiner geduldigen, manchmal hemdsärmeligen Art, und ruhte dann nicht, ehe man sich einig geworden war.

Gemeinsame Freizeit barg wenig Zündstoff, sie hatten beide den gleichen Drang nach Bewegung und Frischluft. Im Sommer verstrich kein Wochenende ohne Ausflug, ohne Rad-, Kanu- oder Badetour, im Winter gingen sie auf die Eisbahn, nutzten auch mal ein paar Brückentage zum Skilaufen oder für eine kleine Städtereise, und obwohl Elke nicht viel von Autos hielt, hatte sie seinen geräumigen alten Saab zu schätzen gelernt, den ein anhänglicher Patient ihm instand hielt (er hatte viele anhängliche Patienten).

Auch Sex mit Erik war gut geblieben. Sie genoss das Zusammenspiel mit seinem sehnigen, kaum behaarten Körper, seine feierliche Begeisterung, wenn er sie streichelte und ihren Hals, ihre Brust, ihr Geschlecht küsste. Und wie er, wenn sie ihn in sich hatte, eine Hand nach unten nahm und die Innenseiten ihrer Schenkel massierte.

Nein, kein Grund zur Klage.

Und dennoch der Vorbehalt, vom ersten Abend an. Oder war er zwischendurch überwunden gewesen, vergessen, und nur jetzt wieder zur Stelle? Schon lange hatten die Privatpatienten das Springbrunnenzimmer nicht mehr für sich allein.

Wann die ersten Stimmen sich bei ihr eingeschlichen hatten, konnte sie nicht genau sagen. Anfangs fielen sie kaum auf, wie Holzwürmer, die man vielleicht wochenlang beim Einschlafen im Gebälk knacken hörte, ehe man begann, über das Geräusch nachzudenken. Inzwischen waren sie so laut wie sonst nichts in Elkes Kopf. Warum dieses Misstrauen gegen ihr Leben, wie es jetzt war, diese Sorge, darin verschütt zu gehen? Warum die Abwehr gegen den Gedanken, sich weiter einzulassen, wo doch andere in ihrem Alter unbeirrt Nester bauten und die Voraussetzungen denkbar günstig waren? Tickte ihre biologische Uhr nicht richtig? Auch wieder so bescheuerte Ausdrücke, *Nest bauen, biologische Uhr.* Aber die Stimmen hatten ja den noch bescheuerteren gewählt, den mit dem Countdown. Und sie ärgerte sich, weil sie eigentlich Klarheit von sich erwartete und gewohnt war, und ärgerte sich noch mehr, weil etwas in ihr sich dagegen sperrte, mit Erik über die Stimmen zu sprechen, und weil es ihr sogar gelang, ihn fast nichts merken zu lassen. Das Gespräch mit ihm würde wahrscheinlich eine Lösung bringen, er würde zuhören, Verständnis haben, Ruhe bewahren, vielleicht würde man am Ende gemeinsam eine Flucht planen. Doch sie verbarg das ganze Thema vor ihm und hasste sich dafür.

Er machte eine gegenläufige Entwicklung durch. An einem Junisonntag hatte er, im einen Arm Champagner, im anderen einen kleinen Olivenbaum im Terrakottatopf, bei ihr in der Tür gestanden und gesagt, er wolle ein Haus bauen. Natürlich ein besonderes Haus, ein Holz- und Ökohaus am Stadtrand, nach eigenen Entwürfen, ein Elke-und-Erik-Haus, unverwechselbar. Seine Begeisterung hatte sie noch einmal angesteckt. Okay, hatte sie sich gesagt, Schluss mit dem Eiertanz, jetzt werden wir erwachsen. Die Rührung und der Champagner hatten die Zweifel fortgespült, und apropos Eiertanz, es war just einer der Tage, an denen man wohl ein Kind zeugen konnte; verhütet wurde unter Medizinern eh nur durch ein bisschen Rechnerei.

Doch sie wurde nicht schwanger, und so leicht ließen die Stimmen sich nicht abschütteln. Nach außen gedieh alles schön weiter. Der Sommer – sensationell, so noch nie hier gewesen, in unerhörtem Widerspruch zur ewig novembrigen Stimmung im Land – bot grenzenlose Wochenendmöglichkeiten, bloß für wirklichen Sport war es immer zu heiß, aber wer würde da meckern. Nirgends im Elke-und-Erik-Fundament ein sichtbarer Riss.

Nun also die Allgäufrage. Er hatte Balsaholz und ein paar feine Sägen gekauft und wollte an den Abenden bei einem guten Fläschchen und bei James Galways Flöte an einem Modell bauen, um es im September einem Architekten vorzulegen, den er operiert hatte. Und ihr fiel nichts Besseres ein als dieser Rückzieher aus heiterem Himmel. Als könnte ausgerechnet in so einer kleinen, trotzigen und viel zu späten

Weigerung das ganze angestaute Unbehagen plötzlich Gestalt annehmen und auf den Tisch springen wie ein verheimlichtes Haustier.

»Ich habe Thomas schon angekündigt, dass wir wohl umschwenken«, hatte er gesagt, heute Mittag in der Kantine. Er war extra gekommen, damit sie kurz sprechen konnten, das Notdiensthandy in der Hemdtasche. Thomas war der befreundete Oberarzt. »Aber um einen Flug kümmerst du dich, okay? Und nächstes Jahr«, hier sein Lächeln, »darf ich dann entscheiden.«

Sie saßen an einem Tisch ganz hinten, von einem wuchernden Gummibaum an der Kantinenrückwand halbwegs gegen den Raum abgeschirmt. Die Stimmen in Elkes Kopf schwiegen zu Eriks Angebot, und sie selbst sagte: »Wie lächerlich, diese ganze Diskussion um den Urlaub. Was für ein lächerlicher Streit.«

»Streit?« Er hatte sein Besteck abgelegt und sah sie lange an. Urlaubsreif. Grübchen und Sonnenbräune kaschierten die Übernächtigung, doch sie spürte seine Müdigkeit, als wäre es ihre eigene, nein, schlimmer: Seine Müdigkeit schien sich ihrer eigenen hinzuzufügen, eine erdrückende Gesamtmüdigkeit schien über diesem Tisch zu lasten. Sie rechnete dennoch jeden Moment damit, dass er begänne, Fragen zu stellen, behutsam, beharrlich, und mit jedem Moment wunderte sie sich mehr darüber, dass er nicht begann. Sicher, die paar Minuten Mittagspause boten keinen Raum, um das verheimlichte Haustier auch nur im Ansatz zu untersuchen, aber solche Bedenken hatten ihn nie abgehalten. Es musste wohl doch die Erschöpfung sein.

Eine Gemeinheit, ihm jetzt das Allgäu zu nehmen.

Wie stand es eigentlich um die Liebe?

Sie erschrak, weil diese Frage sie unvorbereitet traf. Zwar hatte sie bei dem Thema keine Berührungsängste, zählte nicht zu denen, die ein *Ich liebe dich* riesige Überwindung kostete oder die es für eine durch billionenfachen Gebrauch hohl gewordene Phrase hielten (mit demselben Argument hätte man ja auch Sätze wie *Ich habe Hunger* oder *Mir ist heiß* für abgedroschen erklären können). Aber in ihren vertuschten Grübeleien der letzten Monate war die Liebe kaum vorgekommen. Und stand sie nicht auch auf einem anderen Blatt als die Gedanken, die ihr keine Ruhe ließen? Schob sich die Frage nach der Liebe jetzt nicht bloß vor, ein maskierter Appell ans Pflichtgefühl angesichts dieses müden und freundlichen Erik, um die eigentliche, drängendere Frage zu verdecken, die Frage, wo sie selbst, Elke Czarnik, in ihrem Leben abblieb?

Oder war es gerade umgekehrt, war die Frage nach der Liebe der bisher immer ausgesparte wesentliche Punkt, an dem allein sich entschied, wie wichtig ein Vorbehalt werden konnte oder ob ein gemeinsamer Weg aus der Klemme möglich war?

Woher kam das große Wort jetzt überhaupt, wer hatte die Frage gestellt? Elke wusste es nicht. Konnte nicht sagen, ob sie sie von Erik gehört hatte oder von einer ihrer Stimmen. Drehte sie endgültig durch? Er hatte die linke Hand in seine Locken gegraben, als hätte er da einen Haltegriff. Vielleicht hatte er einen. Und sie? Hatte keinen. Sie riss sich zusammen, zwang sich zu sprechen. Viel brachte sie nicht hervor, nur: »Was?« Sein Notdiensthandy begann zu fiepen.

Zehn Minuten danach saß sie im Schwesternzimmer, das nach Maschinenkaffee, Seife und tapferen kleinen Frauen roch, und war auf sich selbst so wütend, dass ihr die Tränen kamen. Immer wenn sie weinte, quoll die Haut um ihre Augen auf, als wären ihr dort zwei rote Schwämme eingenäht, und mit diesem Gesicht musste sie zurück an die Arbeit.

Am späteren Nachmittag brachte sie, weil gerade alles versorgt und kein Moment des Leerlaufs ihr erträglich war, ein paar aus der Wäscherei falsch abgelieferte Sofakissen in einen Aufenthaltsraum in der zweiten Etage. Auf ihr Klopfen regte sich nichts, der Raum schien leer. Doch als sie eintrat, sah sie zwischen Tischen und Wand dieses halbwüchsige Pärchen sich drehen. Und sie rastete aus. Begriff selbst nicht, wie ihr geschah, zu was für einer widerlichen Wallung sie auf einmal fähig war, lauschte erschüttert ihrem eigenen Geschimpfe, in dem Ausdrücke wie *scheiß Teeny-Klamotte* vorkamen. Die Ertappten flohen mit entsetzten Gesichtern auf den Flur, bei dem Mädchen waren beide Unterarme bandagiert, der eine sogar in Gips.

Nur gut, dass ihr Urlaub begann. Diesen jungen Menschen hätte sie nicht mehr unter die Augen treten können. Morgen würde sie einen Last-Minute-Flug auf eine kanarische Insel buchen.

Und wenn nicht? Für einen Augenblick stellte sie sich vor, Erik würde statt mit ihr mit einer seiner Arzthelferinnen in die Berge fahren. Mit der, die ihn ewig anhimmelte, Neonsträhnchen, Techno-Jenny. Aber es konnte ja gar nicht wahr sein, dass sie ihr Gewissen zu beruhigen versuchte, indem sie sich etwas zwischen Erik und Techno-Jenny ausmalte.

Über die Terrasse des *Al Dente* strich eine erste kühlende Brise, ließ das Laub aufrascheln und erstarb dann gleich wieder. Von Elkes Pizza blieb ein letzter Bissen, der Rest hatte nach Nebel geschmeckt. Und Juli, die Ellenbogen hinter dem halb vollen Salatteller aufgestützt, bemühte sich, irgendein Geplauder in Gang zu halten, über alte Bekannte, neue Filme, bunte italienische Friedensflaggen. Sie war wirklich alarmierend dünn, so hatte Elke sie noch nie gesehen, nicht vor einem halben Jahr, nicht einmal in der Zeit, als sie in München ihr Volontariat machte. Es schien, als könnte sie mühelos beide Arme zugleich durch den alten Silberreif schieben.

»Und steht bei E und E jetzt die nächste Almsause an?«

Natürlich. Julis Zielsicherheit. Beiläufig, aus dem Geplauder heraus, und Elke, die solches Gespür sonst an ihr bewundert hatte, fand es heute lästig.

»Dieses Jahr gibts keine Sause.«

»Aha?« Juli versuchte eine Mücke in die Flamme des Teelichts zu fächeln. »Wir können gerne weiter über was anderes reden. Ich wollte das Thema nur nochmal ausprobieren, man weiß ja nie.«

Wie gut war sie im Bild, wie viel vom *Thema* reimte sie sich zusammen? Ein Gedanke, den Elke gleich wieder fallen ließ.

»Iss doch wenigstens den Salat auf.«

»Was soll das denn jetzt?«

»Du bist nur noch Haut und Knochen.«

»Aber dieser Salat schmeckt ziemlich bescheiden.«

»Du hast ihn ja auch kein bisschen gewürzt. Und das Brot? Das willst du nicht anrühren, weil es so schön aussieht, stimmts?«

Juli lachte, und es war das gleiche Lachen wie früher, sodass Elke unwillkürlich dachte: Es passt nicht hierher.

Von ihrem Volontariat hatte Juli damals berichtet, dass in den Büros nur die Männer *zum Lunch* gingen, während die Frauen mit aller Selbstverständlichkeit auf ihre Mittagspause verzichteten, sich mit Tee begnügten. Kaum eine Kollegin, die nicht dürr wie eine unglückliche Pubertierende war. Überhaupt ein anstrengendes Milieu, Elke meinte sich zu erinnern, dass der Hausmeister dort *Facility Manager* genannt wurde und einen Anzug tragen musste und dass die Angestellten, eingeteilt in dreiköpfige *Teams*, im ständigen Wettkampf um die besten Ergebnisse liegen sollten. Wie bei einer

Drückerkolonne. Zu der Zeit hatten Juli und sie all solche Beobachtungen noch geteilt, hatten noch gewissenhaft alles abgeglichen, was das Leben, die Arbeit mit ihnen anrichtete. Keine räumliche Entfernung hatte ihnen diese Nähe genommen, nicht einmal Elkes fünf Jahre Frankreich. Und jetzt, wo sie längst beide wieder in der alten Stadt gelandet waren, lagen die Dinge trotzdem anders. Und der Gedanke an vergangene Wunder half nicht weiter.

»Iss bitte den Salat auf.«

»Ich habe keinen Appetit mehr.«

»Das ist krank, Juli. Schau dich an. Du bist –«

»Ich fühle mich okay. Mir ist nur bei dieser Hitze nicht so nach Essen.«

»Weißt du, eine Zeit lang habe ich solchen Mädchen jeden Tag zweimal den Tropf gewechselt, durch den sie hochgepäppelt wurden. Ein paar von denen habe ich auch selber fixiert, damit sie sich das Teil nicht wieder rausreißen konnten.«

»Du hast Mädchen ans Bett gefesselt?«

»Ja, sicher.«

»Hatte ich ganz vergessen. Rauchst du eine mit?«

»Bei einer war es zu spät, die ist uns krepiert. Fünfzehn Jahre alt.«

»*Krepiert*, so sagt ihr also unter Fachleuten. Aber lassen wir diese magersüchtigen Kinder doch jetzt mal wieder aus dem Spiel. Wie viel ich esse, muss nicht dein Problem sein.«

»Ist aber mein Problem.«

»Du bist hier nicht im Dienst. Du hast ab sofort Urlaub.«

»Ich fühle mich aber, als wäre ich hier im Dienst.«

»Dann hör bitte auf, dich so zu fühlen.«

Elke trank ihren Rest Wein aus, Juli schob Salat und Brotkorb beiseite, streckte sich nach ihrer Tasche und zog Zigaretten hervor. »Was –«, hob sie an, und Elke fiel ihr ins Wort:

»E und E fahren dies Jahr nicht ins Allgäu, ich will mal Abwechslung, ich buche morgen irgendwas Last Minute.«

»Ich wollte was ganz anderes fragen.«

Elke rieb ihr brennendes Nagelbett und holte mehrmals Luft, ehe sie wieder aufblickte. »Lassen wir es einfach bleiben, okay?«

»Wie bitte?«

»Ich meine, es hat doch keinen Zweck, es geht doch heute irgendwie nicht. Lass es uns einfach hier abbrechen, und dann – es tut mir Leid, ich bin – wir können uns doch zum Beispiel nächste Woche mal treffen, meinetwegen Dienstag –«

»Du hast doch gerade gesagt, du fährst in Urlaub.«

»Ach, was weiß ich.«

»Du spinnst zurzeit ein bisschen, oder?«, fragte Juli. *Schreckschraube, Schreckschraube,* höhnte es wieder in Elkes Kopf.

»Ja, kann sein, dass ich spinne.«

»Und deshalb glaubst du, es ist das Beste, wenn du jetzt gehst.«

»Ja.« Sie hatte ihren Stuhl schon zurückgeschoben, da fiel ihr der Kellner ein, sie begann sich nach ihm umzublicken.

»Jetzt zu gehen ist eine absolut bescheuerte Idee, Frau Czarnik.«

»Wieso, wenn es doch gerade nicht klappt, es ist halt der falsche Moment oder der falsche Tag oder –«

»So kann man sich aber nicht rausreden, wenn man dabei ist, alles kaputtzuschlagen.«

»Ich schlage überhaupt nichts –«

»Doch. Und du weißt es auch.«

Immer wieder die Vertrautheit. Selbst in einem Detail wie dem leisen, übertrieben beherrschten Ton, in dem Juli die letzten Sätze gesagt hatte, sicheres Zeichen dafür, dass etwas sie besonders aufbrachte. Und natürlich übernahm sie nun die Verantwortung, auch das war schon immer so gewesen, immer war es Juli, die einlenkte, immer war sie die große Schwester. Aber für diese Rollenverteilung konnte sich Elke jetzt nicht auch noch schämen.

»Rückzug,« hörte sie Juli sagen, »Jeder für sich, das heißt Erwachsensein, nicht wahr? Keine Verbündeten mehr, nur noch Kompromisse. Die späte Kleinfamilie, falls es sich ergibt. Aber mehr nicht. Und wenn du denkst, so habe ich mir das doch nicht vorgestellt, oder sogar meinst, dass es früher in deinem Leben mal ganz anders aussah, vergiss es. Du warst noch klein, du hattest keine Ahnung. Wenn aus der Phase bei dir noch was übrig ist, lass es dir rausschneiden. Und zwar schnell.«

»Juli, ich –«

»So ist es doch, oder nicht? »

»Es tut mir leid, Juli, ich wollte –«

»O ja. Natürlich. Alles Mögliche tut uns leid. Vor allem nachts. Wenn wir wachliegen und kleinlaut werden, weil wir uns auf einmal so allein fühlen, wie wir wirklich sind. Und wenn wir uns dann fragen, was ist mit uns los, dann fällt uns auf, Scheiße, wir sind ja genau die geworden, die wir niemals werden wollten. Und doppelt Scheiße, wir haben nicht mal Erfolg damit – wir sind die erste Garnitur von Einzelkämpfern, die garantiert kein Vermögen anhäuft. Da liegen wir und werden so verzagt, dass wir uns gar nicht mehr bewegen können. Dafür bewegt sich um uns her alles weiter. Und immer schneller. Und im nächsten Moment ist schon wieder Winter, und wir liegen noch genauso da. – Wieso sage ich eigentlich *wir*?«

»Heute war ein ganz beschissener Tag.«

»Wer hätte es gedacht.«

Juli lauschte ihrem eigenen Wortschwall nach und fragte

sich, wann sie zum letzten Mal so einen Gesinnungsmonolog gehalten hatte. Eigentlich eher eine Domäne von Malte. Große Töne aus Memmenmund.

Als das losging, hatten sie sich über sich selbst lustig gemacht, sie und Elke, plötzlich beide verbandelt mit diesen Wikingernamen. Malte und Erik. Das klingt zu doof, hatten sie gesagt, eine von uns muss ihren wieder abstoßen. Doch sie waren sich nicht einig geworden, welche. Und keiner der Männer sah nordisch aus, beide eher dunkle, eher schmale Typen. Und Erinnerungen an alte Blödeleien halfen jetzt nicht, und in Gedanken an Malte würde sie jetzt nicht versinken, er hatte in dieser Situation nichts zu suchen.

Elke, die ihren Stuhl wieder an den Tisch gezogen hatte, sah Juli unverwandt an. Der Widerschein des Teelichts übertrieb die Furchen in ihrem Gesicht.

»Aber entschuldige, du wolltest ja gehen«, sagte Juli.

Wie auf ein Stichwort klingelte in Elkes Ledersack ihr Telefon los. Juli nutzte die Unterbrechung, um sich zu vergewissern, dass ihr eigenes ausgeschaltet war, und zog noch eine Zigarette aus der Schachtel. Doch Elke nahm den Anruf nicht entgegen. Der Kellner kam angeschwirrt, schnappte das Geschirr vom Tisch, wippte zweimal auf den Zehen: »Noch was zu trinken, signorine? Dessert, *caffè*?« Beide zögerten zu lange, »Überlegt es euch, bin gleich zurück.«

»Vielleicht«, sagte Elke, »wollte ich schon lange mal gehen.«

»Dir ist zumindest noch nicht der Appetit vergangen.«

»Ich verstehe nicht, was du meinst.«

Juli steckte ihre Zigarette an. »Okay. Dann kriegst du jetzt noch ein bisschen Hintergrundinformation. Für den Heimweg. Zum Beispiel dass seit April eine einzige Geschichte von mir gedruckt worden ist. Hinzurechnen kannst du zwei kleine Ausfallhonorare und ein *Lassen Sie uns trotzdem in*

Kontakt bleiben, Frau Einhorn von einer besonders traurigen Redakteurin, die selber demnächst rausfliegt. Und das wars und mehr wird auch nicht kommen.« Sie schüttelte wieder den Reif zum Ellbogen zurück. »Nicht wahr, da zeigt sich doch deutlich, dass jemand die Anforderungen der Lebensphase nicht erfüllt. Und entsprechend leer und überflüssig kommt sich diese Person auch vor.«

Elke sah ihr weiter schweigend ins Gesicht. Hieß das, sie wollte noch ein paar Einzelheiten? Ein Bild von Juli, wie sie, bewegungsunfähig, ein einziger Krampf, über aussichtslosen Bewerbungsschreiben saß? Oder wie Malte jedes Mal zwanghaft Unbeschwertheit zu versprühen suchte, wenn er eine Rechnung für sie beglich? Oder wie zuletzt ihr Vater ihr Geld überwiesen hatte? *Ein zinsfreies Darlehen, um eine schwierige Marktlage zu überbrücken.* Finden Sie nette und irgendwie zeitgemäß klingende Sätze zum Thema *Scheitern einer 32-jährigen Tochter aus bürgerlichem Haus.*

Wozu also noch essen? Wenn doch das Richtige, Angemessene wäre, man könnte einfach verschwinden.

»Zum Beispiel in dieser Falte in deiner Stirn.«

»Wie bitte?«

»Die ist tiefer geworden. Auch ein bisschen länger. Vielleicht würde ich schon reinpassen.« Juli strich mit dem Zeigefinger über Elkes Stirn.

»Die ist aber überhaupt kein guter Ort zum Verschwinden, das kann ich dir sagen.«

Auf der Terrasse waren die ersten Tische frei geworden, ein verschwitzter Koch trat vor die Tür und verschaffte sich, die Hände in die Hüften gestemmt, einen Überblick. Elke musste wieder an das Mädchen von heute Nachmittag denken. Beide Handgelenke bandagiert. Dann an die Elke von früher. Und an die Juli von früher. Wie lange kannten sie sich, fünfzehn Jahre? Nein, über zwanzig; die Zahlen wurden monströs. Juli, neu in der Klasse und entstellt von einer dieser Zahnspangen mit Trense, die der unumstößliche Beweis dafür waren, dass Kieferorthopäden Kinder hassten. In den Kinos lief gerade *Das letzte Einhorn*. Elke in den viel zu weiten Pullis, die ihre grelle Tante ihr strickte. Eine frühe Spezialität: zu zweit vom Fünfer springen. Wie waren sie darauf gekommen? Anfangs Hand in Hand ganz gerade, dann immer schwierigere Figuren. Bademeister oder Sportlehrer durften sie dabei nicht sehen, sonst gab es Ärger, zu gefährlich. Im Wiesenbad bekamen sie, wiederholt erwischt, sogar Hausverbot, wobei Hausverbot ja im Zusammenhang mit einem Freibad ein komisches Wort war, aber diesen Einwand von Juli ließ der Bademeister nicht gelten. Und an Herbstabenden, im Wald hinter den Spiegel'schen Feldern, zwei Elbenprinzessinnen, die um die Wunschbuche trippelten und sich atemlos irgendwelche Rollenspielsätze zuriefen. Gab es die Wunschbuche noch? Elke war lange nicht in dem Wald gewesen. Die Briefe, die Juli ihr nach Frankreich schickte, jedes Blatt eine Collage aus Fotos, Zeichnungen, Zeitungsschnipseln, zwischen denen Julis hektische Schrift sich wand. Und Elke Briefe zurück, nie so bunt, dafür umso dicker, ihr Rekord lag bei vierzig Seiten, woher hatte man bloß die Ruhe genommen, so viel zu schreiben?

Elke lehnte sich im Stuhl zurück.

»Und dieses neue Magazin mit deinem Fuß in der Tür?«

»Ach. *Wenn die Kröten Flamenco tanzen*. So heißt es, glaube ich, in einem spanischen Lied.«

»Ich kenne nur *Wenns schneiet rote Rosen und regnet kühlen Wein*.«

»Oh, zurück auf null – siebte Klasse, oder? Sechste? Wann bin ich zu euch gekommen?«

»Musik bei der Güntherstaler.« Elkes Lächeln bei diesen Worten war weicher als bisher an diesem Abend, verschwand aber auch schnell wieder. »Und warum haben wir uns das letzte halbe Jahr nicht gesehen?«

Juli zuckte mit den Schultern. »Nun sehen wir uns ja wieder. Das finde ich wichtiger.«

»Und dein Wikinger macht dir auch keine Freude mehr?« Es gefiel Elke, dass jetzt mal sie die mit den zielsicheren Fragen war.

»Nein«, sagte Juli und rieb sich unwirsch die Augen, mit den Handballen. Zu unwirsch. Sie stöhnte auf. »Hast du einen Spiegel dabei?«

Es war ihr gelungen, sich beide Tageslinsen zugleich von den Pupillen zu schieben.

Malte Hohlfeldt, Assistent hier an der Uni, Literaturwissenschaft, auf halber Stelle. Promovierte zum Thema *Warum meine Lieblingsbücher so unglaublich komisch sind* und durfte, wenn er sich nicht zu sehr verzettelte, darauf hoffen, dass ihn der Betrieb noch eine Weile ernährte; sein Chef zog ihn der Kollegin vor, die zum Thema Fleisch forschte.

Doch alles, was Juli an ihm anregend, herausfordernd, bestrickend gefunden hatte, wurde nach und nach entwertet von der bitteren Einsicht, dass er ein ewiger Lavierer und Doppelspieler war und ihr, wenn es darauf ankam, keinen Halt geben konnte.

Schimpfend hatte sie die Linsen aus ihren Augen gefischt, eine war dabei gerissen, unter der anderen fing es, als sie sie wieder einsetzte, an zu brennen. Ihre Brille hatte sie nicht mit, nur die Sonnenbrille, ungeschliffen. Drinnen hinter der Theke war Eros Ramazotti so laut gedreht worden, dass er sich auf der Terrasse nicht länger ignorieren ließ. Und wie versprochen wippte der Kellner wieder neben ihrem Tisch. Nein, unter diesen Umständen kein Grappa, kein Kaffee. Die Rechnung.

»Weißt du, was ich mal lustig fände? Sich bei *Wetten, dass* bewerben und sagen, man kann hundert Restaurants, die *Al Dente* heißen, hundert Städten zuordnen.«

»Hat er das noch gehört?«, fragte Juli. Der Kellner, auf dem Weg ins Gebäude, ließ sich nichts anmerken.

In der Altstadt hing die Hitze auch zu dieser Stunde wie unter einem Deckel, ein Wochenende hatte begonnen, die engen Straßen waren erfüllt vom Lärm der nach außen gekehrten Kneipen. Juli hatte sich bei ihr untergehakt, und Elke sagte: »Jetzt müssen wir mit dir ja noch was essen gehen.«

»Elke, wirklich, ich bin –«

»– Schon unter 45 Kilo? Nein, lass mich raten: 46.«

»Bitte, nerv nicht.«

»Was machen wir also?«

»Wir nehmen mein Auto.«

»Wohin?«

»Das überlegen wir dann. Fährst du?«

»Wer sonst?« Elke strich sich mit der freien Hand den Schweiß von der Stirn. »Und du hast natürlich Recht, wir müssen hier raus.«

»Habe ich das gesagt?«

»Ich dachte.«

Sie ließen sich los, weil zwei Klagemusiker an Balalaika und Akkordeon zu umrunden waren. Elke warf ihnen eine Münze in den Kasten und sah nach, wer eben angerufen hatte. Natürlich Erik. Sie bogen in die Seegasse ein. Juli blieb an der Ecke abrupt stehen, obwohl sie keine Brille trug. »Stopp, stopp – lass uns ein Taxi nehmen.«

Doch Elke war schon einen Schritt zu weit.

»Der hier ist deiner, oder?«

Julis weißer Clio stand auf dem vordersten Platz der Parkbucht. An Türen, Scheiben, Motorhaube, selbst am Auspuff waren rote und gelbe Luftballons festgemacht, die an ihren Fäden strammstanden.

»Bemüht sich gerade jemand um dich?«

Elke schnippte mit dem Zeigefinger gegen einen der Ballons, ehe sie sich nach Juli umdrehte. Auf die beiden Männer, die sich am unteren Ende der Gasse von einem größeren Fahrzeug gelöst hatten, achtete sie nicht. Und war plötzlich von ihnen eingerahmt. Der eine blond im Blumenhemd, der andere mit Glatze. Beide mit Mikrofonen.

»Da haben wir sie, habe ich Recht? Ja, natürlich, wir haben sie! Grüß dich, Glückskind! Sag uns sofort, wie du heißt.«

»Czarnik«, antwortete Elke verdutzt, während sie so gut es ging zurückwich.

»Czarnik«, schrie der mit der Glatze in sein Mikrofon, »und schon wieder einen neuen Namen gelernt! Liebe Flip-Hörer, auch heute Abend haben also zwei von euch das große Los gezogen, wir haben sie gefunden, hier am Rand der alten Kneipenmeile, in der Seegasse: die charmante Czarnik und ihre reizende Freundin, die sich im Moment noch ein bisschen im Hintergrund hält – das sind diese Woche unsere beiden Glückskinder!«

»Czarnik, wie fühlst du dich«, fiel atemlos der Blonde ein, »was sagst du zu unserer geilen Ballon-Aktion? Extra heute, extra für dich. Du weißt, worum es geht, Czarnik. Wir dürfen dir jetzt verraten, was du heute Nacht noch vorhast!«

Elke wusste nicht, worum es ging. Aber Juli war im Bild. Der idiotische Aufkleber hinten an ihrem Auto. Knallrot geklotzte Buchstaben auf dottergelbem Grund: *STOP HERE, PARTY-BUS! LET'S FLIP!* Radio Flip sendete für die Region rund um die Uhr einen Mix aus den erschütterndsten Hits der letzten dreißig Jahre, unterbrochen von Blitzerwarnungen und Werbung für Möbelhäuser und

McDonald's. »Einem Menschen in unserem Alter, der auf diese Weise den Soundtrack seines Lebens vorgespielt kriegt, bleibt eigentlich nur der Selbstmord als Konsequenz.« Das hatte Malte nach einer halben Stunde Testhören gesagt und es wenig später für witzig gehalten, ihr den Aufkleber ans Heck zu pappen.

Jeden Freitagabend kreuzte der Party-Bus irgendwo im Sendegebiet, bis er so einen Aufkleber gefunden hatte. Dann wurde gefeiert. Der Bus, eigentlich ein Übertragungswagen, aus dem Radio Flip in diesen Stunden sendete, brachte die Glückskinder an einen Ort, wo es rustikal zur Sache ging, meist eine Stadtranddisko. Im Augenblick stand er abfahrbereit am unteren Ende der Parkbucht in der Seegasse. Das Moderatorenpaar hatte noch einmal dem Stifter all der schönen Luftballons gedankt, *Getränkemarkt Rillmann, genau das will man,* Elke hatte sich durch stummes Kopfschütteln geweigert, sich bei dem Getränkemarkt ebenfalls zu bedanken, und nun folgten ein Klassiker aus den Achtzigern und eine Sommerhymne von heute.

»Sucht euch bitte andere Glückskinder, bei uns geht es jetzt wirklich nicht«, sagte Juli und fügte noch ein *sorry* hinzu, um sich dem Flipfuzzi-Jargon ein wenig anzupassen. Der Blonde fragte sie nach ihrem Namen. Und es gehe doch immer. Radio Flip mache es möglich. Keine Sorge. »Bitte, ihr müsst das einsehen«, begann Elke und wurde gleich unterbrochen. Sie beide bräuchten sich heute Nacht um gar nichts mehr zu kümmern. Einfach loslassen, raus aus dem Trott. Abfeiern. Das sei der Deal. Und Czarnik heute Nacht der Star. Ihre Freundin ohne Namen natürlich auch.

Jeder Einwand schien die Gastgeber überschwänglicher werden zu lassen. Dabei drängten sie zum Party-Bus, durch dessen offene Schiebetür ein Bläsersatz peitschte. Es sei ein Missverständnis, stöhnte Juli, aber wieso denn, fragte der mit der Glatze, und der Tonmann streckte einen Arm aus dem Bus und signalisierte: Noch zehn Sekunden, und wir sind wieder *on air*.

Space Cadet

Professor Laszlo Stirnemann hatte alle Mitglieder seines Lehrstuhls, die sich gerade in der Stadt befanden, für halb eins in die Mensa Burgstraße bestellt. Ab und zu, meinte er, müsse man prüfen, wie der akademische Nachwuchs ernährt werde. Malte Hohlfeldt verfluchte sich für das lächerliche Pflichtgefühl, das ihn daran gehindert hatte, zu Hause zu bleiben. *Sich seit Wochen nicht mehr im Büro blicken lassen, geschweige denn beim Chef, Minimum an Gesichtspflege, Jovialität mitgestalten, man kam nicht umhin.* Bemüht, die Bilder der vorigen Nacht wegzudrängen, saß er über sein Tablett gebeugt, und auf dem Stuhl gegenüber sah Stirnemann in weißblau geringeltem Ripp-T-Shirt aus, als sollte er Shantys auf einer Butterfahrt singen. Außer Malte Hohlfeldt waren nur zwei Hiwis gekommen, Almut und Steffen, die sich routiniert durch die vegetarische Menüvariante mümmelten und eine gedämpfte Unterhaltung über Gemüsegärten und Busverbindungen führten, weil Almut gerade aufs Dorf gezogen war und Steffen in seiner Kindheit in der DDR vergleichbare Erfahrungen gemacht hatte. Stirnemann hielt den *Hähnchenspieß Madras* bei beiden Enden und wandte ihn hin und her, als wäre er dem akademischen Nachwuchs auch eine optische Prüfung schuldig. Dabei lernte jeder im ersten Semester, dass in dieser Küche klangvolle Namen besondere Ungenießbarkeit verhießen, und wer sich dennoch auf die *Chinaschnitte Suzy Wong*, die *Vorarlberger Wälderpfanne* oder eben diesen cornflakesüberkrusteten Hähnchenspieß einließ, der tat es, um sich stumpf zu machen oder zu bestrafen.

»Herr Hohlfeldt«, sagte Stirnemann, indem er Blick und buschige Brauen hob, ohne den Spieß zu senken, »man liest ja, dass in unserer jungen Gegenwartsliteratur ein archivarisches Bewusstsein an die Stelle tritt, die in der Moderne ein politisches Bewusstsein einnahm. Stimmen Sie dem zu? Und wenn ja, finden Sie, dass ein solcher Tausch einen Verlust an literarischer Substanz bedeuten muss?«

»Die Moderne hatte doch auch schon ihre Archivare«, bemühte sich Malte zu erwidern, und ihm versagte die Stimme, er musste sich räuspern und wiederholen und setzte noch hinzu: »Ich denke, es ist also auf jeden Fall was verloren gegangen. Aber vielleicht ja nur vorübergehend.«

Er kannte zwei Arten, im Gespräch nicht zu glänzen. Entweder weil der vorherrschende Ton oder Witz nicht der eigene war. Dann fiel es leicht, gelassen zu bleiben, man fühlte sich allenfalls unverstanden, fehl am Platz, das ertrug man mal. Schlimm war es, wenn man nicht glänzte, obwohl man es müsste und könnte, wenn man also an den einfachsten Anforderungen des Lebens in Gesellschaft scheiterte, etwa daran, seinem Chef beim Mittagessen eine halbwegs spritzige Antwort zu bieten und zum Beispiel für unsere junge Gegenwartsliteratur eine Lanze zu brechen; das Archivarische sei politisch oder das Politische sei überwunden, etwas in dem Stil, das war es, was der Chef jetzt von ihm hören wollte, dafür hatte er ihn ausgesucht: als den Assistenten, der den aktuellen Entwicklungen nahe stand, nicht nur vom Alter her, sondern auch vom Lebensgefühl. Und interessierte die Grünschnabelprosa der letzten Jahre Malte einen Dreck, musste er doch imstande sein, vor Stirnemann so zu tun als ob, das war das Mindeste, selbst an einem sehr schwierigen Tag.

Er konnte sich ungestört weiter innerlich zur Schnecke machen, denn ein Ordinarius der Germanistik, der Louis de Funès glich und der Hitze in einer knittrigen moosgrünen Anzugjacke widerstand, war im fast leeren Speisesaal erschienen, Stirnemann winkte ihn an den Tisch: Es gelte ja dann und wann mal zu prüfen, wie der akademische Nachwuchs ernährt werde. Der Ankömmling lachte schnarrend, man rückte ein Stück, er setzte sich mit seinem Tablett ans Kopfende, und Stirnemann redete vom Fleischessen als einem Sich-Anverwandeln der Kraft des geopferten Tieres. Die Argumente für seinen Vortrag bezog er aus der Dissertation von Henrike Schubert, mit der Malte sich die BAT-2-Stelle teilte und die sich zurzeit nicht in der Stadt befand. Henrikes Aufgabe am Lehrstuhl war der Brückenschlag zu den Kulturwissenschaften. In ihrer Arbeit ging sie der Funktion des Fleischverzehrs in Romanen von Balzac, Gogol, Dickens sowie im Frühwerk Thomas Manns nach und zeigte, wie sich der Wandel der Essgewohnheiten im Lauf des 19. Jahrhunderts, besonders infolge der Einführung von Konserven, Tiefkühltechnik und Massentierhaltung, in diesen Texten kundtat. Die beiden Hiwis hatten ihr Gespräch eingestellt und machten verständige Gesichter. Malte nahm zu jedem Bissen einen Schluck Mezzo-Mix, weil er glaubte, er würde das traurige Huhn sonst nicht hinunterbringen. Und er strengte sich an, den Ärger über seine unspritzige Antwort nicht schwinden zu lassen. Denn dieser Ärger war ihm vertraut, damit wusste er umzugehen, anders als mit allem, was von der letzten Nacht blieb, mit der Schummelei, die ihn so gerade noch gerettet, dem Verrat, den er, ausgerechnet, als endlich alles klar schien, begangen hatte, und der Frage, was nun werden sollte.

Ende April, in seiner ersten Sitzung, hatte er wie immer still durchgezählt, mit wie vielen aus der Gruppe er sich vorstellen konnte, ins Bett zu gehen. *Wie immer* war übertrieben, allzu lang machte er den Job ja noch nicht, das dritte Jahr jetzt. Er war mit dem Anfängerseminar an der Reihe, Einführung in die Komparatistik. Von gut dreißig Anwesenden 23 weiblich, darunter fünf, mit denen er es sich gut, und neun, mit denen er sich auch vorstellen konnte. Am Semesterende würde er noch einmal zählen. Bis dahin würden einige von ihnen sich entzaubert haben und vielleicht ein paar andere durch kluge Fragen oder Referate nachträglich erotisch geworden sein. Die Herausforderung lag jedenfalls darin, dass keine der Appetitlichsten den Kurs abbrach.

Natürlich handelte es sich hier um ein ganz und gar harmloses statistisches Spielchen, bloß um sich die Laune aufzubessern und zum Betrieb eine positive Haltung zu wahren. Auf die Seriosität des Seminarablaufs wirkte es sich in keiner Weise aus, ebenso wenig auf Malte Hohlfeldts Unbestechlichkeit bei der Notenvergabe. Und er achtete peinlich darauf, jeder und jedem aus der Gruppe, egal ob Nofretete, Nulpe oder Nervensäge, mit der gleichen interessierten, hilfsbereiten, im besten Sinn professionellen Freundlichkeit zu begegnen, man war schließlich Dienstleister. Auch wenn ihm eine Teilnehmerin außerordentlich gefiel, ließ er sich das Semester hindurch kaum etwas anmerken. Ein paar Mal lief man sich in der Cafeteria des Fakultätsgebäudes über den Weg, denn er wusste, zu welchen Zeiten man sich dort sinnvollerweise einen Cappuccino zapfte. Hatte die junge Frau Fragen, ließ er sich auf ein Tässchen mit ihr nieder, leistete eine kleine Studienberatung außer der Reihe, bestärkte sie in dem Plan, für ein Jahr ins Ausland zu gehen, und signalisierte durch beiläufige Bemerkungen zum Tages- oder Kinogeschehen, dass mit ihm auch über anderes als Unithemen zu reden war. Nach zehn Minuten spätestens erhob er sich, er müsse zurück ins Büro, bis Dienstag dann.

Deutlicher werden konnte man, wenn das Semester vorbei war. Die Schöne kam zu ihm in die Sprechstunde, um ihren Schein abzuholen, oder der Zufall wollte, dass sie noch einmal in der Cafeteria aufeinander trafen. Nun war das Seminar geteilte Vergangenheit, und nirgends trat Nostalgie so schnell ein wie an der Universität. Man hatte zusammen etwas hinter sich, das verband, und das Gespräch sprudelte mühelos, warum sollte man sich also nicht mal verabreden? Übermorgen Nachmittag? Halb vier im *Kandis*? Gerne, sagte er mit einem Lächeln, von dem er wusste, dass es eine unerwartet schüchterne Seite an ihm ahnen ließ.

Man traf sich dann öfter, mal auf ein paar Gläser, mal zu einem Spaziergang um den Rosenberg oder am Fluss, wenn sie wollte auch zum Joggen. Beim dritten oder vierten Treffen wurde eine Klarstellung fällig. Sie hatte ja eigentlich einen Freund. Das war auch gut so, schließlich ging es hier nicht um den Beginn einer neuen Bindung, sondern nur um das luftige Gefühl einer Möglichkeit, um einen Ausflug, eine Erfrischung. Sie hatte einen Freund, bloß in letzter Zeit waren ihr Zweifel gekommen. Malte erwiderte, dass auch er eigentlich eine Freundin habe, aber – ach. Dann fühlte man sich verschworen, tauschte tiefe Blicke und brach plötzlich in Gelächter aus, weil die Lage nicht so ernst war, wie sie einen Moment lang gewirkt hatte. Man bestellte noch eins oder lief noch ein paar Schritte, und ihm fiel es leicht, weltläufigen Intellekt zu zeigen, schnellen Witz, lässige Zeitgenossenschaft. Dieser junge Dozent war einer wie sie, wie die Aufgewecktesten ihrer Bekannten, nur schon ein ganzes Stück weiter, ein Vorbild zum Anfassen. Bald ergab es sich, dass man eine Nacht miteinander verbrachte, vielleicht auch zwei oder drei. Dann beichtete sie ihrem Freund, und der konnte ihr verzeihen und machte ihr dadurch klar, dass er sie wirklich liebte. Sie blieb also bei ihm, zumindest noch bis sie für ein Jahr nach Dublin oder Barcelona ging. Und Malte hatte ihr in gewissem Sinn sogar dabei geholfen, ihre Beziehung weiter zu festigen. Wenn diese Dinge zwischen ihm und ihr gesagt waren, stellte sich ein Moment großer Wehmut ein. Man versicherte einander, dass die letzten Wochen, bei aller Verwirrtheit, eine Erfahrung seien, die man auf keinen Fall hätte missen wollen, und man küsste sich noch einmal, ganz, ganz innig, weil man wusste, es war das letzte Mal.

Ende April also, eine Schokoladenfarbige stach heraus, sehnige eins fünfundachtzig hoch, schwere Lider, das Haar in tausend Zöpfchen. Fast alle Blicke im Raum fanden immer wieder zu ihr zurück, der Regel zum Trotz, dass man in den Seminaren bis auf weiteres aneinander vorbeistarrte, als wartete man zufällig an derselben Haltestelle. Die Männlein der Gruppe schieden sich wie gewohnt in Besserwisser mit durchdringenden Stimmen und in Stille unter Verdacht auf eigene Belletristik; Dreingabe war ein Stämmiger mit Vollbart und Pferdeschwanz, dem der Trekkingtrip nach dem Zivildienst noch aus allen Poren dampfte. *Josephine* schrieb die schwarze Athletin auf ihr Namensschild, mit der klaren, energischen Hand, die, soweit Malte wusste, alle Frauen aus Nordamerika gemeinsam hatten. Dass sie zu dieser Zeit in die alte Welt gekommen war, rechnete er ihr hoch an: welche Erleichterung, wenn man mit dem Stichwort USA nicht immer nur das Gesicht des Kreuzzugspräsidenten verbinden musste. Die anderen Teilnehmerinnen hießen Anne, Alex oder Katharina, wie immer vernuschelte die Hälfte von ihnen bei der Vorstellungsrunde ihre Namen und beschriftete ihre Schilder so winzig, dass er sie von seinem Platz aus nicht entziffern konnte.

Während er Organisatorisches mit ihnen klärte, seinen Einstiegsmonolog zum Fach hielt und mit der Frage nach der Relevanz der Literaturwissenschaft für unsere Gesellschaft eine erste Diskussion in Gang brachte, war Josephine sein Hauptfixpunkt im Raum. Sie saß ihm, an der Hinterseite des Tischhufeisens, genau gegenüber und schien ihn, unter tief gezogenen Lidern, ihrerseits keinen Moment aus den Augen zu lassen; ihre Züge aber blieben steinern wie die einer Hip-Hop-Diva im Interview. Ob ein Gesicht einige Plätze weiter in Richtung der Fenster – die Wangen von leicht ländlicher Rundung und Frische, blondierte Strähnen im Bubischnitt, ein Blick, in dem es oft aufblitzte, vielleicht wissend, vielleicht spöttisch, vielleicht einfach besonders wach – am ersten Tag auch zu denen zählte, mit denen Malte es sich gut vorstellen konnte, hätte er rückblickend nicht sicher sagen können. Er fand die Gruppe engagiert und sympathisch und bot an, für einen der nächsten Abende einen Tisch in der *Kellerbar* zu reservieren, zum Auftakt, zum Kennenlernen. So machte es seine Kollegin Henrike Schubert mit ihren Studenten jedes Mal und immer schon, doch weil sie ihm das in einem Ton erklärt hatte, als müsse man ein Vollidiot sein, um nicht selbst darauf zu kommen, hatte er es bisher nie getan. Jetzt aber, in seinem dritten Jahr, war so viel oppositionelle Konsequenz nicht mehr nötig. Die Gruppe entschied für Montag, den Vorabend der nächsten Sitzung.

Malte kam pünktlich, sodass er den großen Ecktisch in der *Kellerbar* eine Viertelstunde für sich allein hatte. Er bestellte ein Hefeweizen und betrachtete die neuen Bilder an den Wänden. Wellen, Spiralen, Tierchen, alles in kräftigen Erdtönen, eine Mittvierzigerin wollte malen wie eine Afrikanerin – das Übliche, gehüllt in den üblichen Dunst von Bier und Fritteuse. Die *Kellerbar* lag im Untergeschoss der Mensa Burgstraße, einem Würfel in Mint und Anthrazit, dem man seine Herkunft aus den späten Siebzigern überall deutlich ansah, nur hier nicht. Denn als Höhle voll Holz musste ein Ort, wo Studenten sich betranken, eingerichtet sein, unumstößliches Gesetz in einer Stadt, die ihre Universität seit der Renaissance hatte und auf die nur zwei, drei Bomben gefallen waren. Malte sog den Bierschaum zwischen seine Zähne. Wie immer, wenn ihn bedrückte, dass er sich in jeder dieser Kneipen längst als Stammgast fühlte, fiel ihm sein Bruder Bernd ein. Weiß Gott ein Mann mit einem schweren Knall, aber gleich im Frühjahr 90 alles zurückgelassen und nach Ostberlin. Wie mochte es dem Großen jetzt gehen, sie hatten ihm offensichtlich wieder das Telefon abgeschaltet.

Die ersten aus der Gruppe trafen ein, eine Französin mit eckiger Frisur und zwei der Männlein, bald wurden es mehr und mit der Zeit so viele, dass der Platz am Tisch nicht reichte. Da nahmen einige der Annes und Alexandras einander kichernd auf den Schoß, Malte ließ sich ein zweites Weizen bringen und eine Scheibe Feta mit Brot und Salat. Josephine war nicht gekommen. Die Besserwisser wurden nach Besserwisserart zutraulich *(Machen wir auch Strukturalismus? Kann ich mein Referat über Tarantino halten?)*, für manche war die *Kellerbar* noch ganz neu, und vielleicht glaubten sie noch, dass hinter den Fassaden des Städtchens lauter Geheimnisse auf sie warteten, und vielleicht hatten sie Recht, und die meisten von ihnen würden spätestens nach der Zwischenprüfung wechseln, nach Berlin oder in alle Welt. Malte saß freundlich unter ihnen, erkundigte sich, wie die erste Uniwoche gelaufen sei, gab Auskünfte, machte unverfängliche Witzchen und teilte sich sein zweites Bier bis halb zwölf ein.

Diesmal entging ihm die Burschikose mit den Strähnchen nicht. Zwar konnte er sie schlecht sehen und wechselte kaum ein Wort mit ihr, denn sie war als eine der Letzten erschienen, saß in zweiter Reihe und in ungünstigem Winkel. Auch fand er sie nicht besonders attraktiv, zu viel rosige Kindlichkeit lag ihr noch auf den Wangen. Doch wenn sie sich vorbeugte und ihm den Blick zuwandte, kam er ins Staunen über diese wachen, blitzenden Augen. Sie lachte laut und ansteckend, und er hoffte sich zu täuschen, als er hörte, wie sie *Chrissie* genannt wurde. Bald war kein Zweifel mehr möglich, denn eins der Männlein, vielleicht der Rucksacktourist, fragte sie, wie nochmal ihr Name war; Chrissie, rief sie, und da erinnerte sich Malte, wie es ihn schon am Dienstag kurz geschüttelt hatte, als er in der Vorstellungsrunde *Chrissie* hörte. Blieb nur der Wunsch, dass dahinter wenigstens ein richtiger Name stecken möge, Christina oder Christiane, und dass hier keine unzurechnungsfähigen Eltern eine Lautmalerei für vermeidbares Ausspucken amtlich hatten festschreiben lassen. Doch der Missmut war rasch wieder geschluckt, und um halb zwölf hätte Malte, anstatt sich zusammen mit dem Großteil der Gruppe vom trinkfesten Rest zu verabschieden, am liebsten einen Umzug in den kleinen Nebenraum vorgeschlagen, wo ein Flipperautomat und zwei Kickertische lockten.

»Tschüss, habts noch nett. Und seid morgen früh schön frisch.«

»Wir machen uns doch gerade frisch«, krähte einer der Verbleibenden, das Bierglas erhoben, und erntete Gelächter, während Chrissie Malte anstrahlte. »Tschüss, machs gut.« Das sagte sie in einem Tonfall, als würden sie sich gut kennen. Sie war aufgerückt, ihr Hinterkopf drückte sich, während sie zu ihm hochblickte, gegen das speckige Schalholz. Er stand allein am Tisch, der Pulk war schon auf der Treppe an die Erdoberfläche.

»Mach du es auch gut. Und ihr alle. Bis morgen.«

Dass man sich duzte, war selbstverständlich. Er war ja erst ein paar Jahre älter als sie, und ehe der Abstand zu groß wurde, würde er den Job wechseln. So viel stand fest, auch wenn er sich mit der Frage, zu welchem Job er wechseln könnte, noch nicht auseinander setzte. Denn Gedanken über die fernere Zukunft machten ihn nervös und führten zu nichts.

Als er dem Keller entstieg, durchströmte ihn Wohlwollen. Er freute sich für den Gruppenrest, der da unten glücklich weitertrank und noch ganz am Anfang stand, in eben fertig gebauten Körpern, blühend, auf voller Höhe ihrer Kräfte. Nun, wo sie unter sich waren, schien der Stämmige auch endlich seine Reiseerlebnisse aufzutischen – *Karakorum* drang als letztes Wort durch die zuschwingende Tür, und Malte entfuhr ein kleiner prustender Lacher.

Die Luft hatte sich empfindlich abgekühlt, erst einige Wochen später würde die Herrschaft des Rekordsommers beginnen. Doch Malte trat sich auf seinem Fahrrad rasch warm, geradezu in einen Rausch. Montags um diese Zeit blinkten hier die meisten Ampeln gelb. Der einzige nennenswerte Autoverkehr kam von den Stadträndern her, wo die Kneipen nicht voller Holz, sondern voller Chrom waren und wo Kraftraumdödel und ölige Anatolier den Abend lang um Proletariertöchter gebuhlt hatten und nun wieder mit ihren Car-Hifi-Systemen allein waren. Auf der leicht abschüssigen Kronenstraße, auch später am Fluss, den Tunnel Richtung Südstadt hinter sich, konnte Malte ungehemmt beschleunigen, *ein schneller Blitz bei schwarzgewölkter Nacht,* wie er bewandert vor sich hin witzelte. Auf voller Höhe seiner Kräfte? Sein Körper stand ihm noch zur Verfügung, machte noch jeden euphorischen Sprint mit. Nur ganz allmählich wurde denkbar, dass er es eines Tages nicht mehr tun würde.

Er stemmte sein Rad ins letzte freie Eck des winzigen Hofs, klaubte nach dem Schlüssel, den Juli ihm gegeben hatte, atmete im Treppenhaus fast wieder ruhig, stieß, weil er meinte, im Flur ihrer Wohnung kein Licht zu brauchen, gegen einen Stoffbeutel voll Altglas und bekam, als er die Tür zu ihrem Schlafzimmer öffnete, ein schlaftrunkenes »Hallo, Trampeltier« zu hören. Juli hatte die Lampe neben dem Bett angeschaltet, winkelte einen spitzen Ellenbogen ins Kissen, und der Ausschnitt ihres Nachthemds gab den Blick auf eine kleine braune Brustwarze frei, um die herum sich seit einiger Zeit die Wölbung zurückbildete. Nicht dass sie je viel Busen gehabt hätte. Aber inzwischen sah es aus, als würden ihr die Warzen bald ganz ungepolstert auf den Rippen liegen.

»Wie sind die neuen Schäfchen?«

Malte ging vor dem Bett in die Hocke. »Süß. Haben sich beieinander auf den Schoß gesetzt, als es nicht genug Stühle gab. Anfängerseminar ist überhaupt das Beste. Da kommen sie frisch und wissbegierig, und ich habe die Ehre, ihnen den ersten Stempel aufzudrücken.«

Julis Brauen senkten sich, doch nur für einen Moment, dann streckte sie den freien Arm aus, um ihm durchs zerzauste Haar zu streichen. »Du hast Zombieaugen«, sagte sie, »Von der wilden, wilden Fahrt«, sagte er, und die Hand, die weiter in seinem Haar lag, bedeutete, dass er doch auch im Liegen reden könnte. Sein Blick kam zurück auf den knochigen Ellbogen, die schwindende Brust, und er konnte sich die Frage, ob sie etwas zu Abend gegessen habe, nicht verkneifen. »Natürlich«, gähnte sie, »im Gefrierfach ist auch noch eine Pizza, wenn du willst.« Ihre Hand hatte sie wieder bei sich und bedachte nicht, dass ihr Atem den geleugneten Hunger verriet. In Malte stieg Wut auf. Darüber, dass er sich zu Kontrollfragen hinreißen ließ. Darüber, dass die Option, Juli einfach eine zu scheuern und dann ein neues Leben anzufangen, nicht wirklich zur Wahl stand. Und darüber, dass ihm der Gedanke, ihr eine zu scheuern, überhaupt kommen konnte.

Er hatte nie darauf geachtet, wie viel sie aß. Dass es zu wenig sein musste, hatte er letzten Herbst bemerkt, als sie eine weinrote Schlag-Cordhose, die er rasant fand, wieder aus dem Schrank holte und sie ihr fast von den Hüften rutschte. Von dem Tag an fiel ihm auch auf, dass sie nahezu vegan lebte (schon seit einem halben Jahr, behauptete sie), er sprach von Suppenkasperei und von Vorstufe zur kompletten Nahrungsverweigerung, und sie sagte, das seien Ansichten aus der Adenauerzeit, die er besser für sich behielte, wobei sie genau wusste, dass es eine Abscheulichkeit war, ihn mit der Adenauerzeit in Verbindung zu bringen.

Um Weihnachten wurde es noch einmal besser. Er hatte sie zu einem Urlaub überredet, die Insel La Palma, zwei Wochen über die Feiertage, er würde für die ganze Reise aufkommen, sein Gehalt war karg, doch verlässlich, zudem gab es ja Weihnachtsgeld und ein bisschen Spielraum im Dispo. Am Ende hatte doch Julis Vater ihnen die Flüge und das Häuschen hoch überm Meer spendiert, und Malte war darüber einerseits erleichtert, andererseits heimlich verärgert gewesen, wie immer, wenn der alte Herr eingriff. Auf der Insel aß sie wieder, verschmähte nicht die fangfrischen Köstlichkeiten aus der Markthalle von Los Llanos, die Garnelen, die er ihr mit flinken Fingern aus den Schalen pellte, die Papageienfische, die er auf der Terrasse grillte, während die Sonne sich prunkvoll hinter den atlantischen Horizont verzog. Er hatte mit mildem Spott begonnen über Aussteiger und rüstige Naturfreunde, »hier machen ja eigentlich nur Leute wie Schwester Elke und ihr Wuscheldoktor Urlaub«, brach dann selbst fast täglich zu Wanderungen auf, hatte in den Barrancos und im Lorbeerdschungel seine Erhabenheitserlebnisse, fühlte sich, wenn er nachts zum übersäten Himmel hochblickte, von einer feierlichen Sehnsucht erfasst, von der er glaubte, sie gliche dem Gefühl, das seit Jahrhunderten junge Männer dazu getrieben hatte, zur See zu fahren, und nahm sich vor, ein Seminar über Seefahrerliteratur anzubieten, von

Robinson bis Nadolny oder von der Odyssee bis heute. Juli wanderte auf allen Touren der zweiten Woche mit, und in den besten Momenten konnten sie schwerelos zusammen herumspinnen, beinahe wie in ihrer Anfangszeit, als die Juli-Malte-Show noch gegen alle Trübsal gefeit schien.

Am Tag vor dem Rückflug dann die Auffahrt zum Roque de los Muchachos. Ein langer Gang am Kraterrand, tausendfältiger und immer von Neuem bannender Blick in den riesigen Kessel, in dessen Klüften sich zähweiß die Passatwolken ballten und aufstiegen wie Dampf aus einem unermesslichen Kochtopf.

»Im Zeichen des Kochtopfs steht das neue Jahr, okay?«

»Du bist bescheuert«, hatte sie gesagt, aber mit einem Lächeln.

Zurück in Deutschland verging ihr der Appetit bald wieder. Dass Malte auf ihrem Computer ein La-Palma-Foto als Bildschirmhintergrund einstellte, half nicht viel. Inzwischen hatte er es sich abgewöhnt, mit den Urlaubserlebnissen zu argumentieren, und der Plan mit der Seefahrerliteratur war so gut wie vergessen.

»Ich geh Zähneputzen«, sagte er und erhob sich neben ihrem Bett.

Im Bad stellte er sich Josephine vor, versah sie mit einem leisen Lächeln, einer Glut unter den schweren Lidern, mit kompakten, ein wenig nach außen strebenden Brüsten, mit den breiten Schenkeln einer Siebenkämpferin. Er malte sich seine Hand auf ihrer Hüfte aus und ihre äußeren Schamlippen, groß, fleischig, umrahmt von drahtigem Haar. Sie warf ihm durchtrainierte Arme um den Nacken, zog ihn fest an sich, die Augen plötzlich weit geöffnet, dann zerstob ihr Bild, und als das Ende der Vorstellung in die Toilette getropft war, erschlaffte Maltes Schwanz in seiner Hand so schnell, als hätte er sich zu Dienst nach Vorschrift entschlossen. Sie war nicht in der *Kellerbar* gewesen, vielleicht würde er sie auch morgen nicht wiedersehen. Vielleicht hatte sie das Seminar geschmissen. Obwohl, die Ausländer blieben eigentlich immer dabei, die Amis erst recht. Hatten ihre Stundenpläne im voraus genau ausgetüftelt, brauchten die *credits*. Die Ausländer waren auch die Einzigen, die ihn hartnäckig siezten.

Auf dem Weg zurück erblickte er im Korb mit Papiermüll, neben dem Beutel mit Flaschen, den er vorhin umgestoßen hatte, einen Wust von Blättern, *Druckqualität: hoch,* gediegen-aufgeräumtes Seelenverkaufs-Layout, *Sehr geehrte, Sehr geehrter, Meine Stärken liegen,* wütend zerknüllt, in Fetzen gerissen, Bewerbungen, die Juli an diesem Tag hatte rausschicken wollen. Er schob sich neben sie auf die Matratze, sie schlief oder tat so.

Am Mensatisch mit dem Chef hatte er den Hähnchenspieß nun bewältigt und angelte noch ein paar Reiskörner aus der gelben Sauce, während Stirnemann das Menü zugunsten seines Monologs über die mythische Dimension des Fleischverzehrs weiter erkalten ließ. »Das größte Stück Fleisch steht nach solcher Denkweise natürlich dem Mann zu, dem Herrn und Beschützer des Hauses, dem Patriarchen.« Diese Worte begleitete ein Zwinkerblick auf seinen Assistenten, mit angedeuteter ironischer Fortsetzung in Richtung der beiden grünkernbeißenden Hiwis, und der Stoff des Ringelshirts warf, weil der Chef beim Reden fuchtelte, eine zunehmende Falte über seinem Bauch, drohte dessen Unterseite freizulegen. Schräg neben Malte ließ Louis de Funès über sein Tablett gebeugt in rascher Abfolge mal die linke Braue hochzucken, mal die rechte, mal beide zugleich, und unterbrach sich dabei nur, um an unerwarteten Stellen sein schnarrendes Lachen in Stirnemanns Vortrag einzuschieben und sich dann mit der Serviette ein-, zweimal die Lippen zu tupfen. Maltes

Blick fand Zuflucht auf seiner Mezzo-Mix-Flasche, in der ein letzter Schluck verblieb, und er fragte sich, ob die Kraft eines Käfighuhns, die er sich nun also anverwandelt hatte, ihm beim Rest dieses Tages helfen würde. Gut, fürs Erste spannte sich um die Tischgesellschaft herum eine kleine Blase, wie sie die akademische Welt ihren Bewohnern immer mal spendierte, abgedichtet gegen alle drängende Wirklichkeit: eine Blase, in der es ein bisschen zuckte, schnarrte und dozierte und in der Malte der Ärger über seine witzlose Antwort von vorhin immer noch Halt geben konnte. Und wenigstens so lange würde dieser Zustand andauern, bis Stirnemann etwas wie *doch genug der Theorie* gesagt und seinen kalten Spieß eher hastig als rituell vertilgt hätte. Jenseits des Bläschens aber staute sich die Angst.

Das Semester war gut in Gang gekommen, die Gruppe arbeitete sich diskussionsfreudig und ohne größere Aussetzer durch den Theorieteil des Seminars, hatte schon willig von Sartre und von Barthes gekostet. Im Lauf des Mais stabilisierte sich über Mitteleuropa eine Schönwetterlage, ein außergewöhnlich warmer Juni folgte. Mit spielerischer Umsicht leitete Malte Hohlfeldt seine leicht bekleideten Schäfchen von einer kritischen Erkenntnis zur nächsten, weckte ihre Wachsamkeit gegen die Mechanismen unmerklicher Bevormundung, denen man allenthalben ausgesetzt war, schärfte ihr Misstrauen gegen jeden Anschein von Eindeutigkeit, gegen das *So-ist-es-und-nicht-anders* im autoritären Sprachgebrauch, und machte ihnen die Dunkelheiten und Widerstände der Sprache schmackhaft, die als Abgrund unter jeder Ordnung, jeder Sinnzuweisung klafften und zugleich den Nährboden der Poesie bildeten. Natürlich stimmte er sofort zu, als an einem besonders stickigen Dienstagvormittag der Wunsch laut wurde, die Sitzung auf eine Rasenfläche am

Fluss, im Schatten des Fakultätsgebäudes zu verlegen. An den anderen Terminen, die man regulär im Seminarraum zubrachte, saß Josephine jedes Mal am selben Platz, ihm gerade gegenüber, mit unbewegter Miene und dem nicht ganz sicher feststellbaren, aber allem Anschein nach starr auf ihn gerichteten Blick. Er freute sich darüber, dass sie ihre Wortbeiträge immer mit »Ick mockte eine Frage stellen« einleitete, und dass, was dann kam, verlässlich ein Stückchen neben der Spur lag *(Wenn Sartre sagt, die Literatur ist ein Appell an die Freiheit des Lesers, heißt das, man kann Literatur nur interessant finden, solange man selber nicht frei ist?)*. Den Entgegnungen lauschte sie unter leichtem Nicken und häufigem *okay; okay*, und auf Maltes *Beantwortet das deine Frage?* erwiderte sie *Dankeschänn*. In New York, hatte er gelesen, blickt dir niemand direkt ins Gesicht, dort fasst man es als Zeichen von Aggression auf. Aber diese Regel galt ja vielleicht nur für New York, und Josephine hatte in der Vorstellungsrunde *University of Vermont* oder Ähnliches gesagt. Der Eindruck, dass sie für ihn schwärmte, ließ sein Selbstbewusstsein tröstlich schwellen. In der Cafeteria hatte er sie allerdings noch nie getroffen.

Mit Juli wurde es nicht einfacher in dieser Zeit. Sie bekam gar keine Aufträge mehr, nicht einmal von seichten Magazinen, und wo sie selbst etwas anbot, wurde sie bestenfalls hingehalten. Ihre letzte größere Geschichte, über eine Gruppe 80-jähriger Friedensaktivisten, die sich aus der moribunden Beschaulichkeit eines hiesigen Seniorenstifts aufgerappelt und eine Reihe kleiner Kundgebungen gegen den Irakkrieg verantwortet hatten, war, Mitte März geliefert, für die Dauer der *Hauptkampfhandlungen* in fünf Redaktionen liegen geblieben und schließlich von einem Ressortleiter, auf dessen Mitleid Juli Einhorn hätte verzichten können, an die evangelische Monatsbeilage weitergereicht worden.

Verzichtet hätte sie gerne auch auf Maltes Motivationsbemühungen, auf die angestrengte Munterkeit, die er sich im Umgang mit ihr auferlegte, darauf, dass er immer, wenn sie sich sahen, ein Programm vorzuschlagen, Theaterkarten reserviert, eine DVD dabei hatte und zugleich so tat, als wäre alles nicht schlimm, als wären bessere Zeiten nur eine Frage der Geduld, als wäre von jeder kleinen Idee, die ihr kam, der journalistische Durchbruch zu erwarten, und als könnte er der evangelischen Monatsbeilage bei näherem Hinsehen viel Gutes abgewinnen. Sie verkroch sich, versteinerte vor dem Bildschirm, nachdem sie sich stundenlang durch Jobbörsen geklickt hatte, war, egal wie beispiellos sich das Wetter hielt, über Wochen kaum aus ihrer Wohnung herauszubewegen. Malte hielt es für seine Pflicht, sie zumindest täglich anzurufen, obwohl es ihm immer schwerer fiel, nicht beleidigt zu sein, wenn sie auf den Klang seiner Stimme apathisch oder genervt reagierte. Und er lernte die Euphorie hassen, die ihn ergriff, sobald sie ausnahmsweise doch wieder Appetit oder Bereitschaft zu einem kleinen Ausflug zeigte. Ein Anteil Wut war im Spiel, als er ihr den Party-Bus-Aufkleber von Radio Flip ans Auto pappte.

Mitte Juni ließ er sich zu einer Sachbeschädigung hinreißen. Zwar waren Plakate mit magersüchtigen Models in diesem Jahr seltener geworden, verdrängt von der Propaganda der Elektromärkte, die an jeder Ecke verzagte Bürger überlistete, indem sie einfach *sparen* und *Geiz* statt *kaufen* und *Konsum* brüllte. Auf einer Stellwand am unteren Ende der Kronenstraße, an der Abzweigung zum Bahnhof, bäumten sich aber gerade doch wieder zwei blasse Anorektikerinnen mit geisteskrankem Blick auf einer Chaiselongue, umweht von Fetzen, die bis Größe 36 erhältlich waren, und in schwüler Nacht war es einem angetrunkenen Malte Hohlfeldt unmöglich, einfach vorbeizufahren. Er musste für einen Moment das Rad anlehnen, musste den schwarzen Edding aus seiner Tasche fischen, sich strecken und die Worte *Holt uns hier raus und gebt uns was zu essen* in eine Sprechblase setzen.

Zwei Probleme traten dabei auf. Zum einen hätte man ja ganz anderes Werkzeug gebraucht, um ein Plakat dieser Größe wirkungsvoll zu verbessern. Zum anderen übersprang er in der Hast das Wort *raus* und bemerkte den Fehler erst, als er zwei Tage später, auf dem Rückweg vom Seminar, wieder an der Stelle vorbeikam.

Die Vorstellung, jemand könnte ihn gesehen und erkannt haben, hielt ihn die folgenden Nächte wach. Zermürbt und verspätet schleppte er sich zu seiner Sprechstunde in das Büro, das er mit Henrike Schubert teilte. Im Flur erwartete ihn der Trekkingschrat in einer schwarzblau schimmernden und reich betressten Pluderhose, deren Beine er gekrempelt und mit Sicherheitsnadeln hoch über seinen Knien festgesteckt hatte. Eine Formel, um ihn gleich wieder wegzuschicken, wollte Malte nicht einfallen. Hinter dem Schrat aber trat die personifizierte gesunde Gesichtsfarbe in das Büro, Chrissie, dieses Aufblitzen in ihren Augen, weiter unten ein rosa T-Shirt mit einer verwaschenen blauen Blume darauf. Die beiden also würden in der nächsten Sitzung referieren; eine auf der Liste in seiner Mappe noch mit eingetragene Dritte hatte das Seminar aufgegeben und im Gedächtnis des Dozenten kein Bild hinterlassen.

Der Text, um den es ging, war Michel Foucaults *Was ist ein Autor?*, der letzte in der kleinen Reihe von Aufsätzen seiner Lieblingsfranzosen, die Malte für den Theorieteil zusammengestellt hatte. Erfreut stellte er fest, dass Chrissie, einen Collegeblock auf den Knien, keine Neigung zeigte, vor den Sperrigkeiten der foucaultschen Argumentation zu kapitulieren, und dass Chrissie nicht ihr voller Name war – er probierte es mit *Christina*, sie berichtigte: »Christine, aber sag ruhig Chrissie«; er finde Christine schöner, gab er zurück, mit einer angeschlagenen Version des Lächelns, von dem er wusste, dass es schüchtern wirkte. Ihr Nachname war Kürner, die R-Laute formte sie kehlig. Der Pferdeschwanz hatte unterdessen ein paar düstere Comicbilder an der Wand über Maltes Schreibtisch gemustert und sich dann mit verschränkten Armen ans Fenster gestellt, um zwischen den Lamellen des Sonnenschutzes hinunterzublicken, auf den Rasenstreifen, zwei Trauerweiden, den dünnen Fluss.

Das Wort *Autor* bezeichnete also nicht einfach einen Menschen, der schrieb, sondern es war eine Vereinbarung, eine der Kategorien, die man entwickelt hatte, um Ordnung in die verwirrende Vielfalt der Diskurse zu bringen. Je nach Gesellschaft und historischem Moment wurde diese Kategorie verschieden definiert, und wahrscheinlich würde es sie in ihrer uns heute vertrauten Form eines Tages nicht mehr geben. Darauf vor allem komme es ihm an, sagte Malte: sich klar zu machen, dass die Begriffe, die unser Denken prägten, nicht ewig gültig seien, sondern nur innerhalb einer Tradition oder eines *Feldes*.

Das Gespräch ließ ihn seine bedrückte Müdigkeit vergessen. Durch Christine Kürners Blick und die eine und andere Nachfrage angespornt, brachte er weitere Denker ins Spiel, für die der Seminarplan leider keinen Platz mehr geboten habe. Mit Derrida müsse sie sich unbedingt mal befassen, ruhig auch mit Julia Kristeva. Dass die akademische Mode sich seit einigen Jahren von den Franzosen wieder abwandte, hielt er für einen großen Fehler.

Um Pluderhose Gelegenheit zum Ausstieg zu geben, unterbrach er sich mit den Worten: »Damit wäre ja für Dienstag alles geklärt«, und fuhr sich durchs Haar. Chrissie aber blieb weit vorne auf ihrem Stuhl sitzen, die nächste Frage offenbar schon auf den Lippen, und Malte war entschlossen, gleich von seinem Doktorthema anzufangen, für das er sich den Arbeitstitel *Lachen, wenn die Welt zerbricht* überlegt hatte. In der Tür wandte sich der Bärtige noch einmal um. »Übrigens, schöne Aktion. Das mit dem Plakat neulich nachts.« Und er war verschwunden.

»Was denn für ein Plakat?«, wollte Chrissie wissen.

Malte antwortete nicht. Saß ihr stumm gegenüber, sah in die aufblitzenden Augen. Ließ den Kopf langsam ein Stück weiter sinken, ohne den Blick abzuwenden. Verzog die Mundwinkel wie zu einem Schmunzeln. Spürte die tiefe Müdigkeit wieder, wie auf einen Schlag: das fast zum Dauerzustand gewordene, auslaugende, unbedingt zu verleugnende Gefühl der Überforderung. Er spürte auch, wie etwas ihm aufsteigen wollte. Tränen womöglich. Erbärmliche Tränen. Nicht zu fassen. Die blieben natürlich unten. Er schluckte, und sein Kehlkopf kam ihm riesig vor. Wenige Zentimeter entfernt: Apfelwangen. Kirschlippen. Rundheit, Jugend, Blüte. Blitzaugen. Herauswachsende Strähnchen. Er beugte sich noch weiter vor, sein Mund senkte sich auf ihren.

Ein kurzer, harmloser Kuss. Nichts mit Zunge.

Dennoch ein Kuss. Lange vor Semesterende.

Aber man konnte ja jetzt zum Abschied schlecht *Entschuldige den Ausrutscher* sagen. Lieber nicht bewegen. Warten. Auf ihr *Machs gut.*

Die Tür sprang auf, Henrike Schubert stob herein und schickte unter ihrem frisch geschwärzten Haarhelm einen polizeilichen Blick auf Malte los. »Deine Sprechstunde ist doch schon vorbei. Deshalb habe ich nicht geklopft.« Sie ließ ein paar Bände aus der Fakultätsbibliothek auf ihren Schreibtisch krachen.

»Ich … Dann …« Mehr als diese beiden Satzanfänge brachte Malte im Moment nicht hervor.

»Bis Dienstag«, sagte Chrissie, den Block unterm Arm. Malte hatte nicht die Kraft, gemeinsam mit ihr den Raum zu verlassen.

»Ich hatte später angefangen«, sagte er zu Henrike Schubert.

»Kann ich ja nicht ahnen.« Sie schnappte sich den verkalkten Wasserkocher, der neben ihrem Schreibtisch auf einem Rollregal stand, und marschierte damit zum nächsten Waschbecken.

Man hatte die Tabletts auf das Geschirrband gestellt, und beim Abstieg ins Foyer fragte Stirnemann: »Hätten Sie noch einen Augenblick Zeit, Herr Hohlfeldt?«

»Ja, natürlich«, hörte Malte sich antworten, »ich wollte eh rüber in den Bau, bisschen was am Doktor machen.« Bau war das übliche Wort für die neuphilologische Fakultät.

»Dann haben wir ja alle denselben Weg«, folgerte zufrieden der Ordinarius der Germanistik, der Louis de Funès glich. Almut und Steffen, die beiden Hiwis, die einen anderen Weg hatten und nicht gemeint waren, wenn der Ordinarius *alle* sagte, winkten gutmütig zum Abschied.

Malte neigte den Kopf unter der Wucht der Mittagshitze, erleichtert, dass die Angst ihn auch hier draußen noch nicht wiederhatte, dass die schützende Blase also über die Mahlzeit hinaus fortbestand. Er war Stirnemann in diesem Moment fast dankbar und feilte an ein paar kleinen Betrachtungen über die Sonne, die er auf dem kurzen Weg hinüber zum Bau vielleicht noch vorbringen und damit seinen glanzlosen Auftritt beim Tischgespräch wettmachen könnte. Denn über die Sonne wusste er einiges. Zum Beispiel dass in ihrem Innern Sekunde für Sekunde gut 650 Millionen Tonnen Wasserstoffkerne zu Heliumkernen verschmolzen und dass die dabei in jeder Sekunde frei werdende Energie der Explosion von hundert Milliarden H-Bomben entsprach, je eine Megatonne schwer. Etwa fünfzig Prozent seines Wasserstoffreservoirs hatte unser Gestirn auf diese Weise bereits verfeuert. Wenn man so wollte, war also gerade Halbzeit – nach viereinhalb Milliarden Jahren. Noch einmal viereinhalb Milliarden würden folgen, danach ginge es in die Verlängerung, als Roter Riese, Weißer Zwerg; die Aussage *Das Spiel hat 90 Minuten* jedenfalls, meine Herren – von welch kosmischer Symmetrie und Tragweite. Doch als Malte den Blick hob und Stirnemann und den Kollegen nebeneinander gehen sah, den einen lang und buschig, den andern klein und kahl, den einen vorwärts stolpernd, als wollte sein Oberkörper doppelt so schnell sein wie die staksigen Beine, den andern auf und nieder wippend, als hätte er ein unsichtbares Reittier unter sich, da verließ ihn der Drang, seine frisch geordneten Gedanken über das große Sonnenspiel laut werden zu lassen. Zwei Professoren nebeneinander, das sah immer aus wie zwei Stummfilmkomiker. Zwei Professorinnen nebeneinander sahen aus wie das Komplott in einem Sonntagabendkrimi. Und eine Professorin und ein Professor wie die Kampagne einer Krankenkasse. Obwohl, wieso eigentlich einer Krankenkasse? Hundert Milliarden Wasserstoffbomben pro Sekunde. Stündlich 360 Billionen. Wie viel davon kam auf der Erde an? Und wie hoch mochte der Anteil sein, der heute Mittag auf diese Stadt oder jetzt gerade in Malte Hohlfeldts Nacken knallte? Ließ sich das ermitteln? Und trug die Umrechnung in Bomben wirklich zur Veranschaulichung bei? Welche Maßeinheiten für die solare Energie benutzten Physiker, wenn sie unter sich waren? So weit reichte der Blick über den Tellerrand dann doch nicht. Malte schob die Hände in die Hosentaschen, spürte, dass schon nach den paar Schritten im Freien Feuchtigkeit seine Schenkel überzog.

Es wäre eigentlich ein Sommer ganz nach seinem Geschmack gewesen, einer, der die klamme und verkniffene Normalität dieses Landes monatelang außer Kraft setzte, an ihrer statt einer trägen, zeitlosen Sinnlichkeit das Feld bereitete, und wer dafür nicht zu haben war, der konnte ja pikiert zu Hause bleiben. Eigentlich.

Sie hatten die Straße fast für sich allein, er und die beiden Stummfilmkomiker. Auch unter den Bäumen vor dem Bau saß gerade niemand seine Pause ab, nur ein paar Krähen knabberten an langen, schwarzen Hülsenfrüchten. Man passierte die bräunlich verglaste Eingangsschleuse, Malte war den ganzen Weg über stumm geblieben, aber zu dem Schluss gekommen, dass er sich deshalb keine Vorwürfe zu machen brauchte. »Also, an die Arbeit«, rief händereibend der Ordinarius, als sie den Fahrstuhl in verschiedene Richtungen verließen.

Malte trat zunächst mit Stirnemann in dessen Büro, leerte das im Vorzimmer für ihn eingerichtete Postfach (eine Mitteilung über eingeschränkte Öffnungszeiten der Fakultätsbibliothek, das Protokoll einer Kommissionssitzung aus dem Frühsommer, zwei *Wir-publizieren-Ihre-Doktorarbeit*-Angebote halbseidener Wissenschaftsverlage), während der Chef bei offener Verbindungstür in den Papierschichten auf seinem Schreibtisch grub, um seinem Assistenten nach ein paar Minuten mit dem rituellen Spruch *Vielleicht könnten Sie hier bei Gelegenheit kurz drübergucken* einen Stoß Seminararbeiten herauszureichen.

»Schaff ich bis Ende nächster Woche.«

»Ausgezeichnet. Ach ja, und dann hätte ich noch was anderes.«

Diesmal entschwand er nur für einen Moment.

»Haben Sie hierfür Verwendung?«

Eine Flasche Cognac im goldgeprägten Geschenkkarton. Und ein geseufztes »Ich soll ja nicht«.

»Na, dann bedanke ich mich«, sagte Malte und fand seinen eigenen Tonfall unangenehm zackig.

Das Büro, das er mit Henrike Schubert teilte, hatte grau melierten, harthaarigen Teppichboden, wie alle Räume in den oberen Etagen. An der linken Wand Henrikes Schreibtisch, seiner rechts. Der braune Bezug der Stühle war unverwüstlich, sodass man auf Ersatz nicht zu hoffen brauchte. Tische und Regale pellten sich an den Kanten, zwischen Büchern und Aktenordnern gilbten zwei Monitorgehäuse, ein Laserdrucker und ein Telefon. Vor der Fensterfront fuhr der Sonnenschutz, von unsichtbarer Hausmeisterhand kontrolliert, an jedem Sommertag um 13 Uhr herunter.

Für die Außenseiten der Türen und die Flurwände hatte man, im Unterschied zu den Kollegen aus den anderen Fachbereichen im Haus, keinen durchgängigen Ansatz gefunden. Die Amerikanisten klebten Gary-Larson-Cartoons, die Anglisten bierselige irische Sketche, die Romanisten Werbeposter für Sprachreisen oder für verjährte Konferenzen in Loire-Schlössern, die Slawisten Autorenportraits mit kyrillischer Beschriftung. Bei Germanisten und Komparatisten aber zerfaserten die Identitätssignale zwischen Feuilletonschnipseln, Veranstaltungshinweisen, Kraut und Rüben. Malte hatte, vor dem Büro wie über seinem Schreibtisch, Postkarten und fotokopierte Comicbildchen aufgehängt, die alle von seinem Bruder Bernd stammten. Zeichnungen einer gedrungenen Gestalt mit Kapuze, unter der kein Gesicht hervorblickte, sondern ein schwarz auf weiß genoppter Torwarthandschuh. Man sah diese Figur – den Helden aus dem noch am ehesten erfolgreichen von Bernd Hohlfeldts Heften – an einem eingerüsteten Sowjetdenkmal vorbeihasten oder auf das Dach eines Straßenbahnwagens gestreckt oder im Gespräch mit einem dicken, lockenschöpfigen Imbissbudenmann, und immer herrschte Halbdunkel in den Bildern. Die Postkarten zeigten Fotos von räudigen Tieren oder ausrangierten Gegenständen, aus der Serie *Ihr neuer Kanzler?*, die Bernd im Vorfeld der Bundestagswahl 2002 hatte drucken lassen.

Ein säuerlicher Geruch hing im Büro. Malte legte den Packen Hausarbeiten auf einem Stuhl ab und stellte die Flasche Cognac fürs Erste außer Sichtweite, hinter seinen Monitor. Bernd, durchfuhr es ihn, Scheiße, Bernd. Achter Achter: heute hatte der Große Geburtstag. Obendrein einen runden, Furcht einflößenden. Vierzigsten. Er wusste, dass es sinnlos war, und griff doch zum Telefon. Natürlich kein Anschluss. Er musste es anders versuchen. Gab es noch Telegramme in der Ära Internet? Am besten, er ging sofort zur Post. Doch er konnte das Büro jetzt unmöglich verlassen, er würde am Doktor arbeiten, hatte er zu Stirnemann gesagt, und Stirnemann saß nebenan und sollte an einen konzentrierten, ausgeglichenen Assistenten glauben; zumindest für die nächsten Stunden war er also hier festgenagelt. Nüchtern betrachtet machten diese Stunden auch keinen Unterschied. Wichtig war nur, dass er Bernd nicht vergaß, wichtig war die Geste, ihm mehr oder weniger pünktlich einen mehr oder weniger originellen brüderlichen Gruß zukommen zu lassen, wichtig für Maltes Bild von der eigenen Zuverlässigkeit, denn Bernd selbst war jedes Kalenderzeremoniell zuwider, auch das ironisierte. *Jetzt ist dein Vorsprung uneinholbar geworden, Großer,* etwas in der Art. Später.

Auf einem Bord neben Henrike Schuberts Schreibtisch türmten sich ungespülte Tassen und schimmelnde Teebeutel, die zu entsorgen ihr auch vor längerer Abwesenheit nicht einfiel, und dass Malte für sie aufräumte, war ausgeschlossen. Die Sporen würden sich wie immer ungestört verbreiten, bis einer von den Hiwis den Missstand bemerkte oder jemand aus der Putzkolonne die Entwicklung nicht länger mit ansehen konnte. Malte kippte die Fenster, schaltete den

Computer ein und sank in seinen Drehstuhl, um sich für den Doktor zu sammeln. Und während das Betriebssystem sich in Bereitschaft stöhnte, verharrte er vorgebeugt, in derselben Haltung, aus der heraus er hier vor knapp zwei Monaten Chrissie Kürner zum ersten Mal geküsst hatte. Der Rechner wurde ruhiger. Maltes Brust und Schultern zogen sich zusammen. Er spürte, wie es über ihn hereinbrach. Vielleicht brach es auch schon seit Minuten über ihn herein und er hatte es sich nur bis zum letztmöglichen Moment nicht eingestanden. Die gnädige Mittagsblase um ihn her war jedenfalls geplatzt. Kläglich und um jede Antwort verlegen kauerte er in dieser Zumutung von einem Arbeitsraum, wo er das Gefühl, sich verirrt zu haben, ohnehin nie restlos überwand, noch zweieinhalb Jahre nachdem die stickig parfümierte Dekanatssekretärin den grünen Stanzstreifen mit seinem Namen ins Türschild geschoben hatte.

Auch wenn Juli nicht zu großer Eifersucht oder Wachsamkeit neigte, waren ihr seine Affären nicht immer verborgen geblieben. Vor allem beim ersten Mal hatte ihn das Abwiegeln einige Kraft gekostet. »Du hast mit irgendeiner Zwanzigjährigen was laufen und bist zu feige, es mir zu sagen«, hatte sie ihm eines Abends mit Tiefkühlstimme vorgehalten, sodass er minutenlang keine zusammenhängende Erwiderung zustande bekam. Als er dann zu leugnen begann, war es zu spät, sie schnitt ihm das Wort ab, »entweder das hört sofort auf, oder du brauchst dich hier nicht wieder blicken zu lassen«, und sie wies ihn aus ihrer Tür, durch die er kaum eingetreten war. Doch nach dem anfänglichen Schreck über die ruhige, kalte Bestimmtheit, mit der sie ihn in solcher Lage stellte, lernte er seine eigene Macht einzuschätzen. Die Macht einer Glitschigkeit, an der sich jede Empörung totlaufen konnte. Beim ersten Mal ließ er sich noch zu einem Geständnis zwingen, ein Ausrutscher sei es gewesen, mehr nicht, eine Dummheit, für die er sich nun schäme und die sich auf keinen Fall fortsetzen werde, *es ist mir wirklich wichtig, dass du mir das glaubst*, übrigens habe die junge Dame auch einen Freund. Nach dem folgenden Semester bandelte er tatsächlich nicht an, und als er es im Jahr darauf doch wieder tat, folgte er einer Strategie der vorgetäuschten Offenheit, nannte zwei, drei Namen aus dem gerade zurückliegenden Seminar, die seien nett und anhänglich, deshalb gehe man dann und dann was trinken. In den nächsten Wochen versorgte er Juli beiläufig noch mit ein paar Details über diese Netten, Anhänglichen, vorgetragen in mild spöttischem Ton. Dass es sich in Wahrheit wieder um eine einzige Person handelte, mit der er sich traf, blieb so vertuscht, und für die Rendezvous wusste er genug Cafés und Spazierwege, von denen Juli und gemeinsame Bekannte sich fern hielten. Die Südstadt, wo sie wohnte, mied er ganz, froh, dass Pläne, zusammenzuziehen, bislang nicht konkret geworden waren. Er machte mit dieser Art, sich ein kleines Doppelleben zu gestalten, gute Erfahrungen. Zumal seine Tändeleien ja nicht andauerten. Wenn Juli doch wieder Verdacht schöpfte und Verhörfragen stellte, behielt er die Nerven. Ein paar freundschaftliche Treffen, mehr nicht, und nun verlaufe sich die Sache bereits. »Ich will, dass du aufhörst, Dinge unter den Teppich zu kehren. Und ewig warte ich darauf nicht mehr.« Das hatte sie ihm einmal erwidert, ein Jahr musste es jetzt her sein. Aber Sätze, in denen das Wort ewig vorkam, fielen in die Kategorie fernere Zukunft; sie im Kopf zu wälzen führte zu nichts. Sie wiederholte ihre Drohung auch nicht. Der Herbst brach an, ihr Essproblem trat in den Vordergrund, und seither war sie viel zu sehr mit sich selbst beschäftigt, als dass sie ihn konzentriert hätte in die Enge treiben können. Immer mal ertappte er sich bei dem Gedanken, das Ausmaß, in dem er selbst unter ihrer Krise litt, entbinde ihn von der Pflicht zu schlechtem Gewissen.

Mit dem Verlauf der Foucault-Sitzung war er sehr zufrieden. Zwar geriet Chrissie Kürners Teil des Referats etwas wirr, weil unverdaute Brocken aus französischen Theorieansätzen, für die der Seminarplan keinen Platz geboten hatte, darin herumschwammen. Doch das konnte man ihr nicht vorwerfen, und wie rührend, dass sie in den wenigen Tagen seit der Sprechstunde noch versucht hatte, aus seinen Empfehlungen etwas zu machen. Zudem referierte der Bärtige, der seinen Teil mit den Worten *Was wäre Goethes Werk ohne Goethe?* begann, mit vorbildlicher Klarheit und leitete geschickt in die Gruppendiskussion über, das musste man ihm lassen, obwohl er gnadenlos wieder die hochgesteckte Pluderhose trug.

Der Kuss im Büro blieb zunächst ohne Folgen. Keine Begegnungen außerhalb des Baus, keine längeren Gespräche, und an Chrissies Art, Malte wie einen alten Kumpel zu grüßen, änderte sich auch nichts. Im Seminar schritt man von der Allgemeinen zur Vergleichenden Literaturwissenschaft, setzte unter dem Aspekt *weibliche Selbstbestimmung* Arthur Schnitzlers *Fräulein Else* in Bezug zu Charlotte Gilmans *The Yellow Wallpaper*, und man schrieb Klausur.

Als er sich am Nachmittag vor der letzten Sitzung einen Cappuccino zapfen ging, sah er schon von weitem Josephine in der Schlange vor den Automaten stehen. Er bremste seinen Schritt hinter einer Betonsäule, um das Gefühl einzuordnen, das ihn ergriff. Nette Überraschung, natürlich. Akuter Schub seines allgemeinen Wohlwollens für die Seminargruppe. Doch das allein würde ihm nicht den Puls beschleunigen. Ein begehrliches *Was-wäre-wenn*, zumindest noch als leiser Reflex? Unvermeidlich; sie hätte ja jederzeit als eine kräftigere und interessanter frisierte jüngere Schwester Naomi Campbells durchgehen können und war ihm Projektionsfläche für eine ganze Reihe autoerotischer Handlungen gewesen. Aber Chrissie, Christine, der Ausweg, der sich seit einigen Wochen abzuzeichnen schien, die urplötzlich aufgeblitzte apfelwangige Alternative zur Bodenlosigkeit, zum untröstlich wegschrumpfenden Einhorn an seiner Seite: Was war damit? Oder ergab sich hier gerade der Moment, in dem noch einmal alle Türen offen standen? Malte merkte, dass er hinter der Säule zu keinem Schluss kommen würde. Er schritt forsch auf den Heißgetränkeautomaten zu, aus dessen Ausgabefach die göttlich Gewachsene gerade einen übervollen Plastikbecher hob.

»Ach – hallo, Josephine.« Sie wandte sich langsam um, mit ihren tausend abstehenden Zöpfchen überragte sie ihn um einen halben Kopf. Sein Anblick schien sie nervös zu machen. Er lächelte. »Und, wie gehts?«

»Oh, gut. Ganz gut.«

»Das freut mich.«

Sie sah sich nach einer Unterlage für den Becher um. Er wies auf einen nahen Stehtisch, sie nickte, balancierte hin, er folgte. Ihre Stirn kräuselte sich. Sie schob ihre Oberlippe über den Becherrand, für einen ersten Schluck. Er holte Luft zu weiteren Worten, doch sie kam ihm zuvor.

»Also, ick weiß nickt, ob es unhoflick ist, so etwas zu fragen.«

»Oh, nur zu.«

Sie zögerte, er lächelte, sie gab sich einen Ruck.

»Okay dann. Meine Frage ist: Warum kucken Sie mick im Seminar immer die ganze Zeit an? Ick meine, nun – ist es vielleikt, weil ick schwarz bin?«

»Was? Ich – ich dachte – ich weiß gar nicht, wovon du redest – du kannst auch ruhig *du* zu mir –« Er brach alarmiert ab. Sie wich zwei, drei Schritte vom Tisch zurück, die Hände vor der Brust erhoben.

»Oh. Oh, tut mir leid, dann. Ick wollte nickt – ick dackte nur – wirklick, sorry, sorry –«

»Aber nein. Bitte. Kein Problem. Überhaupt kein Problem. – Na ja. Dann. Morgen früh gibts die Klausur zurück. Ist gut geworden bei dir. Also, Glückwunsch. Bis morgen dann.«

Mit dem verunglückten Ansatz eines Winkens machte er sich davon. Auf halbem Weg durchs Treppenhaus merkte er, dass er sich keinen Cappuccino geholt hatte. Er blieb stehen, an die nackte graue Wand gelehnt, das Gesicht in der Armbeuge, hörte über sich die Neonleisten ein Lied der Vergeblichkeit sirren und fand, dass sein Leben in Trümmern lag.

Weil die Gruppe so sympathisch war, gab es am Abend nach der letzten Sitzung noch ein Abschlusstreffen, nicht wieder in der *Kellerbar*, sondern erst in einem Biergarten am Fluss, dann in einer der verholzten Altstadtkneipen. Als Malte und die Ausdauerndsten der Schäfchen kurz vor Sonnenaufgang auseinander gingen, war er mit Chrissie Kürner für den übernächsten Nachmittag verabredet.

Beim ersten Mal tranken sie Kirschsaftschorlen und machten noch die halbe Runde um den Rosenberg, plauderten über das Städtchen und wie es sich darin aushalten ließ und über Maltes Doktorthema. Was er an ihrem Gesicht anfangs störend kindlich gefunden hatte, schien ihm nun ein Versprechen von Frische, von Gelassenheit, von unverzagtem Lebensmut, und ihr Körper, so viel ließ sich schon sicher sagen, war an keiner Stelle zu mager. Zu offenen Zärtlichkeiten kam es an diesem Nachmittag nicht. Am Ende bot sie ihm strahlend ihre linke Wange, und er sah von dem Versuch ab, sie anderswo zu küssen.

Beim zweiten Mal ergab es sich, dass sie in eine Dönerbude traten, was mit Juli Einhorn selbst zu Zeiten, als sie noch eine für Maltes Begriffe normale Einstellung zum Essen hatte, nicht denkbar gewesen wäre. Minuten später fuhren, mit Knoblauch, Zwiebeln und viel scharfer Sauce mariniert, ihre Zungen aufeinander los, unter einer zerzausten Kastanie, in einem von Weißdornhecken und einer alten Kirchhofmauer umfriedeten Séparée am Rand des Nordparks. Als sie sich wieder gelöst hatten und Maltes unruhiger Geist die Frage zu bearbeiten begann, ob, was ihn atemlos erregte, eher die Vereinigung der streng gewürzten Münder gewesen war oder der weiche, unverminderte Leib in seinen Armen, der BH, den er unter ihrem T-Shirt ertasten konnte – die Unterseite der Körbchen mit Drahtbügeln verstärkt, ein BH wie Juli ihn nie trug und nie gebraucht hatte –, beleuchtete Chrissie ihn aus himmelweiten Blitzaugen und sagte: »Du bist ja süß.«

Nun war das zwar nicht das Nuancierteste aller Komplimente, doch wenn eine Zwanzigjährige ihn *süß* nannte, genoss Malte es als besondere Auszeichnung. Mit seiner Erwiderung »du bist wunderbar« erfand er die Sprache der Liebe auch nicht gerade neu; um den Kitsch zumindest ein bisschen ins Ungewohnte zu biegen, fügte er noch ein »Christine Kürner« an.

»Ich muss jetzt aber nach Hause, Malte Hohlfeldt.«

»Ja. Ich auch. Leider.«

Er hielt unter der Kastanie ihre beiden Hände und spürte, wie sein Glied einen voreiligen Schwall Bereitschaftsflüssigkeit vergoss.

Den Abend verbrachte er mit Juli, der er noch immer nichts gesagt hatte und die eine Dönerfahne solchen Ausmaßes, erst recht wenn man drei Stunden in einem engen Programmkino saß, für eine schwer überbietbare Zumutung hielt.

Beim dritten Treffen mit Chrissie sagte er auf dem Rosenberg, der Imbiss letztens habe ihm sehr gut getan, und sie erwiderte: »Apropos, ich glaube, ich muss dir mal von meinem Freund erzählen.«

»Wirklich?«

Sie sah ihn forschend an. »Also er heißt Sinan.«

»Und verkauft Döner?«

»Nee, ist Türsteher im *Kickstart.*«

Die Antwort kam so schnell, dass Malte sie einen Moment lang für wahr hielt. Doch Sinan arbeitete für eine EDV-Firma in der weniger vergeistigten Nachbarstadt, er war ein paar Jahre älter als Chrissie, ein Hübscher, Großer, und nix Döner, er kochte gerne und sehr gut. Malte fürchtete, dass gleich auch noch *Er würde dir gefallen* käme, und versuchte, durch einen sehnsuchtsvollen Blick den Informationsfluss zu stoppen. Endlich unterbrach sie sich: »Und du bist solo?«

»Ja.«

Er hatte sich diese Antwort nicht vorgenommen. Sie kam einfach. Mehrmals holte er noch Luft, um sich zu korrigieren, das Ja abzutönen, dann ließ der Drang dazu nach. Chrissie blieb für den Rest des Wegs einsilbig. Beim Abschiedskuss, an der Mündung der Straße, an der ihr Wohnheim lag, drängte sie sich dichter gegen ihn als bisher, stieß kleine Seufzer aus und streichelte mit beiden Händen seinen Nacken. Es fühlte sich wie seine Zukunft an. Sie vereinbarten ein viertes Mal. Donnerstag. »Da kann ich allerdings erst abends«, sagte sie. »Abends ist doch gut«, sagte er.

Nun hatte er keinen Zweifel mehr. Dies hier war etwas anderes als die Spielchen der letzten Jahre, diesmal entwickelte er Absichten, diesmal begann ein neues Kapitel. Frisch und weich und tröstend. Natürlich, er hing an Juli. Aber was half es? Längst war es schädlich geworden, aneinander festzuhalten, längst war klar, dass es keinen gemeinsamen Rückweg aus dieser Sackgasse gab, und nun hatte er die Kraft, die

Konsequenzen zu ziehen, zu seinem und zu ihrem Besten. Pech bloß für den hübschen Sinan.

Der Donnerstag war gestern gewesen. Trotzdem konnte man nicht den ganzen Nachmittag reglos in einen Stuhl gekrümmt verbringen. Malte gehorchte seinem schmerzenden Rücken und richtete sich auf. *Lachen, wenn die Welt zerbricht.* Also bitte, legen Sie los, Herr Hohlfeldt, wissenschaftliche Arbeit bietet doch Zuflucht in schwierigen Phasen.

Für seinen Doktor hatte er sich Großes vorgenommen. Er wollte eine Traditionslinie ziehen von den erhabenen Lachnummern bei Rabelais, Cervantes und Shakespeare über die bodenlose romantische Ironie der *Nachtwachen* von Bonaventura bis zu den komischen Abgründen der Moderne, etwa bei Jarry, Virginia Woolf, Bulgakow. Hinzu kommen sollte ein Exkurs zur Neuen Frankfurter Schule, und Stirnemann wünschte sich noch einen Ausblick in die unmittelbare Gegenwart. Vielleicht könnte er ein paar von Bernds Sachen hineinnehmen, die Ehre würde er dem Großen gerne erweisen. Zwar sprengten Comics den Rahmen, doch hier und da eine Abbildung, unkommentiert zwischen den Kapiteln, schien denkbar.

Seine These war, dass alle zu untersuchenden Texte die gleiche Art des Lachens anzettelten. Ein Lachen ohne Rückhalt, das nichts aussparte, sich keinen sicheren Grund wahrte. Ein Lachen, das jede Gewissheit mit sich fortriss, jede Autorität und Ordnung, ja, das Prinzip von Ordnung selbst einstürzen ließ und hinter den Trümmern, zumindest für einen Moment, das *Spiel des Anderen im Sein* sichtbar machte.

Malte bestand darauf, dass diese Überlegungen nicht im Mindesten verstiegen oder weltfern seien: Schließlich nahm in dem *souveränen* Lachen, um das es ihm ging, eine Freiheit Gestalt an, aus der heraus sich erst wahre Emanzipation und damit die Grundlagen für eine wirklich bessere Welt würden entwickeln lassen. In einigen Gesprächen zum Thema hatte er Stirnemann aufgezählt, über was alles die 68er, soweit er wusste, nicht hatten lachen können, und Stirnemann hatte sich auf den Hinweis zurückziehen müssen, dass sie seinerzeit sicher viele Fehler gemacht, aber wenigstens noch versucht hätten, gemeinsam menschenwürdige Verhältnisse zu schaffen, während ja bei den Nachgeborenen in dieser Hinsicht nicht viel geboten sei. Dem stimmte Malte natürlich zu: Er befürchte auch, die meisten Leute von *Attac* könnten noch weniger über sich selber lachen als damals der Genosse Dutschke. Und Stirnemann sagte, er setze hohe Erwartungen in Maltes Dissertation.

Nun hatte er in den zweieinhalb Jahren, die er schon daran saß, im Wesentlichen drei Fassungen eines Exposés zuwege gebracht, in dem er sein Theoriegerüst erläuterte – viel Bachtin, reichlich Dekonstruktion, eine Prise Nietzsche, das Ganze garniert mit ein paar abgründig schillernden Zitaten von Georges Bataille. An praktischer Textarbeit konnte er nur einen Aufsatz über die poetologische Funktion des Fahrrads bei Flann O'Brien und Hermann Burger vorweisen, dessen Publikation in den *Mitteilungen der Deutschen Gesellschaft für Allgemeine und Vergleichende Literaturwissenschaft* seit letztem Sommer in Aussicht stand.

Doch Sorgen um den schleichenden Fortschritt seines Projekts konnte er sich jetzt nicht auch noch machen. Im Gegenteil, eine positive Haltung zu seiner Aufgabe war unabdingbar, ein optimistisches, aber erreichbares Ziel, das er sich steckte und das ihm diesen Nachmittag strukturieren würde.

Drei Seiten. Das war doch zu schaffen.

Er widerstand der Versuchung, das Mailprogramm zu starten, und klickte das Dokument mit der Liste der lustigsten

Autorennamen aus seiner Bibliographie gleich wieder weg. Er holte Bonaventuras *Nachtwachen* vom Regal und die zugehörige Datei auf den Schirm. Wenn er anderthalb Seiten hätte, würde er sich die erste Pause gönnen.

Als er eine Stunde später von zwölf geschriebenen Zeilen fünf wieder gelöscht hatte, reduzierte er die für die Pause nötige Menge auf eine volle Seite. Nach einer weiteren halben Stunde legte er als Pausentermin vier Uhr fest, was es gerade war. Er hängte den Zettel *Bin gleich zurück* an seine Tür und ging hinunter zu den Automaten. Die Cafeteria war menschenleer. Umso besser, murmelte er gegen das aufsteigende Gefühl seiner Verlorenheit an und nahm den Cappuccino und den Schokoriegel mit ins Büro. Als er den Riegel gegessen hatte und vom Cappuccino noch die Hälfte blieb, griff er in ein Holzkästchen mit Zigarillos, das er von La Palma mitgebracht und – einer seiner Versuche, sich den Arbeitsplatz doch ein bisschen heimelig zu machen – in der obersten Schublade des Rollschränkchens unter seinem Schreibtisch deponiert hatte. Wenn er sich so ein *Delicado* ansteckte, fühlte er sich für ein paar Minuten auf die Insel zurückversetzt, wie er spätabends auf der Terrasse noch eines rauchte und in die Seefahrersterne blickte oder im Lichtkreis der Mauerlampe drei Tiere beobachtete, eine Motte, die störrisch um die Leuchte stob, einen Gecko, der sich auf der weißen Wand heranpirschte, und eine Katze, die am Boden lauerte und sich Hoffnungen auf den Gecko machte.

In den Monaten seit dem Urlaub waren die Zigarillos ziemlich ausgetrocknet, und sie mit einem Automatengetränk zu befeuchten schien ihm taktlos. Er schraubte den Cognac auf. Und weil auch die Erinnerung an La Palma heute nicht leicht zu handhaben und überhaupt eine Ausnahmesituation festzustellen war, goss er nach dem Anfeuchten ein Schlückchen zum Cappuccinorest, der braune Plastikbecher bot gute Tarnung. Dann schob er die Flasche zurück in den Geschenkkarton und hinter den Monitor.

So viel Vorsicht wäre nicht nötig gewesen, Stirnemann klopfte nicht bei ihm an. Malte rauchte ein weiteres Zigarillo, und nachdem er den Becher zum dritten Mal geleert hatte, schrieb er einiges in die geöffnete Datei. Von Bonaventuras Nachtwachen kam er dabei rasch ab, schrieb stattdessen über Motte, Gecko und Katze, dann über Bernd und den vierzigsten Geburtstag und kam bei der Frage nach Bernds Liebesleben an, über das er nichts wusste. Eine Kindheitserinnerung drängte sich auf: Der Bruder mit einer grobporigen Hennaroten aus irgendeiner politischen Gruppe in seinem Zimmer, und er, Malte, am Schlüsselloch. Viel gab es nicht zu sehen. Nur Bernds erschreckend behaarten Hintern, der, zur Hälfte vom T-Shirt verdeckt, albern wackelte, dazu Geräusche von der Grobporigen, die klangen, als ob ihr nicht gut wäre, manchmal unterbrochen von hektischem oder ärgerlichem Tuscheln, alles in allem nichts, das sich abends der Mutter und ihrem Mann zu petzen gelohnt hätte; und auf diese Episode beschränkte sich Maltes Einblick in die geschlechtlichen Regungen des Älteren. Mit achtzehn war Bernd ausgezogen, Malte konnte, als er durchs Schloss spähte, noch keine zehn gewesen sein. Die Erinnerung quälte ihn, und die Mutmaßungen, wie es beim heutigen Bernd mit dem Sex aussehen mochte, erst recht. War man mit vierzig schon auf halbem Weg zum *horny old man*, wie er im Zentrum des Schaffens aller reiferen anglophonen Erzähler stand? Auch so ein Seminarthema für irgendwann mal, der Lustgreis und das junge Gemüse. Und in welchem Stadium libidinöser Entwicklung befand sich Malte selbst? Nein, er hielt die Gedanken nicht mehr aus. *No way, José.* Immerhin, er hatte schon fast drei Seiten voll, das entsprach der Vereinbarung, und bei der

Hitze, der Stickigkeit, den Sporen in der Luft war es sogar eine beachtliche Leistung.

Er eilte aus dem Bau und zur Post. Für den Preis eines Telegramms konnte man beinahe persönlich nach Berlin reisen. Ein Schmuckblatt mit Musikchip dazu? *Happy Birthday?* Wie bitte, Zustellung am folgenden Werktag? Verarschen konnte er sich selber.

In der nächsten Schreibwarenfiliale kaufte er eine scheußliche Ansichtskarte des Städtchens und schrieb auf die Rückseite: *Herzlichen Glückwunsch, dass du dir das hier erspart hast, Großer. Mach weiter so. Dein Malte, hängen geblieben.*

Zu larmoyant? Zu viel von ihm selbst drin, zu wenig vom Jubilar? Egal, das Kärtchen würde seinen Zweck erfüllen. In den Kasten damit, dann ging es heute noch weg.

Doch was nun? Er hatte nicht bedacht, dass ihm für die Zeit nach dem Einwurf der Geburtstagspost jeder Plan fehlte. Juli anzurufen wäre nötig gewesen, doch er brachte es nicht fertig, noch nicht, er würde einen klareren Kopf dazu brauchen. Vielleicht lieber erst mal nach Hause, ein bisschen ausnüchtern. Sich sammeln. Sich die Decke auf den Kopf fallen lassen. Er stand unschlüssig neben dem Postkasten. In einem gelb verglasten Kneipenfenster auf der anderen Straßenseite hing ein altes Reklameschild: *Steinhäger. Eine Wohltat zum Bier.* Früher hatte er dieses Schild bewundert. *Wohltat,* was für ein seltsamer Ausdruck an dieser Stelle, und wie unverhohlen der Spruch die Trinkbräuche von Alkoholikern voraussetzte. Heute aber stellte er reflexartig Parallelen zur tückischen Selbstverständlichkeit der Anorexie in Mode und Medien her. Der Druck in seiner Brust wuchs ins Unerträgliche. Er kam sich vor wie ein gehetztes Wild und flüchtete ins *Kickstart.*

Ein neutraler Ort; niemand, den er kannte, ging dorthin, an glutheißen Augustnachmittagen erst recht nicht. Malte hatte das *Kickstart* für sich entdeckt, als ihn Chatrooms neugierig machten und er dabei unbeobachtet bleiben wollte. Sein Interesse an diesen Balzfloskelmüllhalden war längst erloschen, doch ab und zu kam er trotzdem noch her, und sei es bloß, um gesunden Abstand zur akademischen Welt zu gewinnen. Die Spielhalle unten war ihm zu anstrengend, er beschränkte seine Expeditionen meist aufs jugendfreie Obergeschoss. Hier reihten sich rechter Hand die Flug- und Formel-1-Simulatoren und was sonst Gruppen grölender Halbwüchsiger auf sich zog, während links, im Schutz der schräg in den Raum schwellenden Chromtheke, ein kleines Internetcafé gedieh. Hinter der Theke löffelte ein sommersprossiger Austauschstudent ein Joghurt, und Malte ließ sich Zeit bei der Lektüre seines T-Shirts, auf dem vom Oktoberfest 2001 in Old Chicago die Rede war, von *110 Brews*, ehe er ein Bier und einen Computerplatz bestellte.

Ihm fiel nichts ein, was er im Netz gerade zu suchen hätte, er googelte sich selbst und dann Bernd und erfuhr nichts Neues. Dem Drang nach einem dritten Zigarillo oder wenigstens einer Zigarette konnte er nicht nachgeben, auf der Etage galt Rauchverbot. Über der Bar kreiste ein gewaltiger brauner Deckenventilator, Freckleface hinter der Theke drehte ein Bon-Jovi-Stück auf, bis es das Getöse der Amüsiermaschinen und der pubertären Klientel übertönte. Malte schob die Bierflasche weit genug von sich, um nicht immer wieder gedankenlos danach zu greifen, und sah nach, ob es auf dem Rechner Spiele gab.

Pinball. Die Leertaste als Abzug, Y und M als Flipperknöpfe. Computerdaddeln in seiner ganzen unverstellten Schäbigkeit, Simulation der Simulation, *klar bin ich deine Schreibmaschine, aber lass dich doch mal von mir entführen.* Malte setzte ein grimmiges Lächeln auf, während er der vorgetäuschten Kugel die ersten angeblichen Stöße gab.

Was ihm am Flippern gefiel, war, dass er das Spiel nicht begriff. In der Variante, die er hier vor sich hatte, musste er als *Space Cadet* Start-, Ziel- und Landeübungen verrichten, geriet in Wurmlöcher oder in den Hyperraum. Doch dies war nur eine Ebene der Ereignisse. Bei bestimmten Treffern wurde ein Jackpot aktiviert oder es bildete sich ein Mittelpfosten, manchmal war eine Extrakugel verfügbar, die man sich aber erst noch irgendwie erarbeiten musste, manchmal entstand eine Schwerkraftzone. Dem Hyperraum gegenüber lag die Rampe, und in einigen Bereichen des Weltalls befanden sich Fahnen, Rückstoßelemente und Tankstellen. Das Bedeutungsfeld Raumfahrt/Zukunftsphantasien zerging in einem vorbildlich krausen Gemisch, und ähnlich funktionierte ja die Art von Komik, über die Malte forschte: das nicht zusammen Denkbare zusammenbringen und dadurch zeigen, dass die Welt ohne festen Grund ist.

Natürlich war diese Deutung der Daddelei an gesegnete Naivität gebunden. Sobald man zu viele Regeln durchschaute, zu viele Kommandos verstünde, zu oft erkannte, wofür man Punkte bekam, würde der Zauber bröckeln, das Spiel banal und zwanghaft. Aber noch fiel es Malte leicht, sich im Stand der Unbefangenheit zu halten. Er entspannte sich, und das war nicht verwerflich, sondern notwendig, er würde Kraft brauchen, später. Besondere Freude hatte er an der Meldung *Systeme verbessert* (da konnten Stirnemann und seine 68er nicht mithalten) und daran, dass es einen *Absturzbonus* gab. Als er, auf welche Weise auch immer, mehrere Missionen erledigt hatte, überraschte ihn der Schriftzug *Zum Flagge befördert.* Sein nächster Auftrag lautete allerdings *Fremdbedrohung abwehren*, was ihm nicht behagte, denn es klang wie Gegeifer aus dem bayerischen Innenministerium. Er beschloss zu desertieren, nahm seinen Absturzbonus entgegen und ging sich ein zweites Bier holen. Bei der Gelegenheit fragte er den Thekenamerikaner, was ein *Space Cadet* sei, und erfuhr: ein Geistesabwesender, ein Tagträumer, auch jemand, der dauernd auf Drogen war. Von Respekt für die lustigen *Pinball*-Programmierer erfüllt, wollte er zurück an seinen Platz und in diesen heterotopischen Sternenhimmel. Doch da begann, zwischen zwei 80er-Hits, eine aufgebohrte Moderatorenstimme aus den Boxen zu gellen, und es überlief ihn heiß. Die Stimme hatte Julis Autokennzeichen durchgesagt.

Radio Flip am Freitagabend. Der Partybus war unterwegs.

Malte ließ die Bierflasche stehen, fischte sein Telefon hervor und drängte sich an einer hereinschlendernden Simulator-Crew vorbei zur Tür, auf die flauschige Treppe. Juli war nicht zu erreichen. In seiner lodernden Nervosität hatte er die Treppe schon fast hinter sich, der Gorilla im Foyer schien ihn verächtlich zu mustern.

Er riss sich zusammen. Er konnte gerade nichts tun. In einer halben Stunde würde er es wieder probieren. Er stieg zurück zu Flip und Flipper und lernte zwei weitere Eigenschaften des Spiels zu schätzen. So geschah es auch in der Bildschirmversion manchmal, dass die Kugel festhing und man gegen den Kasten hauen musste, um sie wieder in Bewegung zu bringen; und wenn man beim Hauen übertrieb, hieß es auch hier im Schriftfeld erst *Vorsicht …* und dann *TILT!*, womit das Spiel abbrach. Die Schläge aber tat man natürlich, wie alles andere, per Tastatur – man disqualifizierte sich durch mehrmaliges Drücken von X oder N. Malte war davon so begeistert, dass er minutenlang eine Havarie nach der anderen auslöste. Zudem entdeckte er, dass man die Bestenliste löschen und damit für seine eigenen Ergebnisse freiräumen konnte. Er trug sich als Christiaan L. Hart Nibbrig ein, nach dem aktuellen Spitzenreiter unter den Lieblingsnamen in seiner Bibliographie, und ein Bier später kam ihm die Idee, zwei Spieler gegeneinander antreten zu lassen und sie Juli und Chrissie zu nennen.

Der Donnerstagabend. »Ich hole dich ab«, hatte er gesagt, konkretere Pläne gab es nicht. Natürlich hatte er sich vergewissert, dass auf ihrer Wohnheimetage niemand sonst bei ihm studiert hatte oder bald bei ihm studieren könnte, und natürlich hatte er sich Vorschläge überlegt, zum Beispiel ein spätes, improvisiertes Picknick auf einer der Obstwiesen westlich des Städtchens, er war mit dem Rad gekommen. Die lückenlos vollgekritzelte Fahrstuhlkabine, die klebrigen PVC-Böden, die Mitteilungszettel an den Türen, die winzigen Zimmer, genormt für einen Schreibtisch, ein Kleiderschränkchen, ein Bücherregal und ein schmales Bett; der Gemeinschaftswaschraum mit zwei Duschkabinen, die nie wieder sauber zu kriegende Küche mit entsprechendem Balkon. Ein paar Jahre war er froh gewesen, diesem Milieu entwachsen zu sein, dann hatte sich die Erleichterung in Wehmut zu verwandeln begonnen, und nun sprang Christine Kürner ihm auf dem Flur entgegen und drückte ihn fest an ihren tröstlichen jungen Körper.

Nein, dass man in diesem Haus aufs Dach konnte, wusste er noch nicht, das musste er sehen, sie zeigte es ihm. Eine niedrige Metalltür am obersten Absatz des Treppenhauses, eine Leiter, eine Luke. Der einem betrunkenen Hausmeister entwendete Schlüssel wurde wie ein Kleinod gehütet.

Sie tänzelte barfuß auf den Kieseln, wollte, dass er ihre Hände fasste, warf den Kopf zurück, lachte ansteckend. Erhitzte Teerpappe machte seiner Nase zu schaffen. Jenseits des Neubauviertels schimmerte der Fluss, am anderen Ufer drängte sich die Altstadt wie zu einem Haufen gekehrt, die Sonne sank hinter die Hügel. Malte sagte, er könne die

Selbstmörder verstehen, die sich diesen Ort für ihren Abflug aussuchten (immer wieder sprangen sie von den Balkonen des siebten und achten Stocks, aufs Dach hatte es allerdings noch keiner geschafft), und Chrissie fasste ihn am Arm, zog ihn vom Rand weg, blickte ihn stirnrunzelnd an. Er lächelte, küsste sie, sie stand auf den Zehenspitzen und schlang ihre Arme um seinen Hals, er schob beide Hände unter ihr T-Shirt. Die Berührung ihrer warmen, sommerfeuchten Haut ließ ihn dankbar erbeben. Er streichelte ihre Brüste, diesmal trug sie keinen BH, ihre Brustwarzen, sicher doppelt so groß wie Julis, und es machte ihn stolz, dass sie unter seiner Berührung hart wie zwei warme Fingerhüte wurden. Sie stieß kleine Seufzer aus. Für Weiteres waren die Dachkiesel nicht die geeignete Unterlage. »Hast du weiche Knie?«, fragte sie, »Darauf kannst du dich verlassen«, antwortete er, und sie stiegen zurück durch die Luke.

Auf dem Weg ins Bett streckte sie sich nach der Kompaktanlage in ihrem Regal. Eine *Buddha Lounge* begann zu plätschern, und das fand er nicht schlimm, eine Musik, die sich gut ausblenden ließ. Ihr nackter Anblick brachte ihn auf altmodische Wörter, *Labsal, Erquickung*. Dankbar nahm er die kompakte Wölbung zur Kenntnis, in die ihr Nabel gebettet lag, und die Schenkel, ein bisschen uneben, schön wie das vorderste Stück vom Strand, in das die Brandung ihre Muster zeichnet.

So sollte eine Frau aussehen. So war es gedacht.

Die Brüste voll und schwer, köstlich, er konnte nicht anders, er musste sie in den Mund nehmen. Dass er sich ausgerechnet an dieser Stelle wieder vor der Seminargruppe sitzen sah, nahm er sich übel, doch es war nur für einen Moment. Er konzentrierte sich auf seine Erektion, und es gelang ihm, sie über das Abrollen des Kondoms hinwegzuretten.

Er wollte auf dem Rücken liegen, sie über sich haben. »Ich

möchte mich von dir erobert fühlen«, sagte er. Sie schien irritiert, und er fügte hinzu: »Weißt du, mir ist es lieber, wenn du nicht – na ja, beim ersten Mal – in Opferhaltung vor mir liegst.«

»Wieso denn Opferhaltung?«

»Ach, das ist nur so eine Assoziation bei mir.«

»Voll die kranke Idee, würde ich sagen.«

»Ich bin nun mal ein Mann der kranken Ideen.«

»Ich weiß.« Und sie lachte und schob sich über ihn, wie er es wollte.

Ihre Art, sich auf ihm zu bewegen, war allerdings gewöhnungsbedürftig. Sie verfiel in ein rasches, heftiges Wippen, auf und ab, vor und zurück, und er bekam es ein bisschen mit der Angst zu tun. Wenn die Dinge jetzt verrutschten. Das männliche Glied blieb ja ein zartes Pflänzchen, so keck es auch anschwoll. Ein paar Millimeter aus der Bahn, und er würde dran glauben müssen. Penisfraktur. Er versuchte seine ganze Aufmerksamkeit auf das erregende Schauspiel ihrer Brüste zu richten. Auf die Fingerhüte. Doch die Notfallszenarien wichen nicht aus seinem Kopf, während Chrissie zu keuchen begann und immer wilder auf ihm wippte. Er fühlte sein Glied in ihr erschlaffen. Panisch suchte er nach irgendeinem inneren Bild, das Abhilfe schaffen könnte. Das Bild, das er fand, kam aus einer Sexreportage, die er vor Jahren im Fernsehen gesehen hatte, Thema: Wie konnte der Mann einen Orgasmus vortäuschen? Aufstöhnend ließ ein Darsteller seiner Partnerin eine Ladung Spucke auf den Rücken tropfen, denn praktischerweise befand er sich hinter ihr und war entweder nicht in sie eingedrungen oder schon wieder draußen. Mit Maltes Lage hatte dieses Arrangement wenig zu tun. Andererseits hätte er es ja viel einfacher gehabt als der Mann in dem Filmchen. Er trug ja ein Kondom. Aber man konnte so etwas nicht tun; nicht beim ersten Mal, nicht in dem Moment, da Träume wahr wurden. Unter welchen Stern würde er damit seine Zukunft stellen? Ein kinderliedhaftes Sitarsolo untermalte das Dilemma. Chrissie wippte und wippte und wirkte etwas angestrengt. Akuter Handlungsbedarf. Er legte seine Hände an ihre Hüften, mit sanftem Druck, und brachte ein paar behagliche Seufzer zustande, um zu signalisieren, dass es ihm höchste Lust versprach, wenn sie ihre Bewegungen verlangsamte. Sie ließ den Kopf nach vorne fallen, für einen Moment trafen sich ihre Blicke, fast erschrak er. Dann schloss sie die Augen. Er auch. Sie hielt nun fast still, und er dachte an Sex mit Juli.

Mit der Juli von früher, als sie noch Gestalt hatte.

Er ließ seine Finger an ihrem Rumpf hinaufgleiten, strich über die Brüste und stellte sich Juli mit Brüsten wie diesen vor, mit Brüsten, die eine Hand ausfüllten. Und ihre dunklen Augen, die nicht blitzten, in denen dafür immer ein Rest Geheimnis lag. Julis Blick, wenn sie Zutrauen zu sich hatte, ironisch, mondän, wenn sie wollte auch verrucht. Von hier aus noch einmal zurück zu den Brüsten, und Maltes Ejakulation war vollbracht. Als sie das merkte, stieß Chrissie einige Kiekser aus und beschleunigte noch einmal, und seine Finger hinterließen furchtsame Druckmale auf ihren Hüften.

Sie lag neben ihm, auf der Seite, in ihrem Rücken die Wand. Ein dünner Film Schweiß glänzte auf ihrer Schulter, und in ihrem Gesicht nistete ein kleines Lächeln, das er schon ein paar Mal bei Frauen gesehen, aber immer wieder aus seinem Gedächtnis gestrichen hatte. Zugleich gedankenverloren und überlegen, so kam es ihm vor; als wäre gerade etwas geschehen, über dessen Bedeutung er sich nicht klar war und sie sehr wohl. Auch schien Chrissie im Moment auf keine weiteren Berührungen Wert zu legen, sah ihn nur an oder durch ihn hindurch, mit diesem Lächeln, das Kinn in der Hand.

Verkehrte Welt, dachte er. Sie war es doch, die nicht wusste, was er wusste – die nicht ahnen konnte, dass sie eben betrogen worden war.

Es gelang ihm nicht, sich einzureden, das verdammte Lächeln wöge seinen Betrug auf. Schlimmer noch, er begann sich zu fragen, ob er sich das Lächeln nur einbildete. Das Kondom glitschte langsam von ihm ab, und er bekam Magenschmerzen vor Scham. Wie hatte er Christine Kürner das antun können?

Bis zum Morgen zu bleiben wäre über seine Kräfte gegangen.

Ein Treffen mit dem Chef, blöderweise, am Vormittag, leider sehr wichtig und leider könne er da nicht ganz unvorbereitet hin, es gehe um seine Doktorarbeit, im Prinzip auch um seine Stelle, ein entscheidender Punkt.

»Das klingt jetzt aber etwas uncool.«

Zweifellos, gab er zu und ließ den Kopf hängen. Aber es sei ja auch nicht so geplant gewesen mit heute Nacht.

»Nicht so geplant? Du bist ja witzig.«

Ach, nein, Entschuldigung, jetzt hatte er absoluten Scheiß geredet. Er war ein Idiot.

»Kein Idiot«, sagte sie und nahm ihn mit voller, einschüchternder Leuchtkraft in den Blick. »Aber ein Typ, der Probleme hat.«

Zu Hause lag er dann wach, unfähig, einen Gedanken zu Ende zu denken, während draußen die Vögel einander übertrumpften. Er hatte schmerzliche Sehnsucht nach Juli, aber er wusste, die Juli, nach der er sich sehnte, war nicht die von heute und auch nicht wirklich die von früher, sondern bloß eine Juli, wie er sie gerne hätte. Und dieses Wunschbild versperrte ihm nun den Ausweg, schob sich unüberwindlich zwischen ihn und die weiche, erquickende Christine. Er saß in der Falle. Er machte sich alles kaputt. Er machte *sich* kaputt. Hatte er die Falle selbst gebaut? Wie bescheuert konnte man eigentlich sein?

Später am Morgen trieb hartnäckiges Dieseln und Rumpeln draußen ihn ans Fenster. Er sah Arbeiter in städtischen Uniformen und einen Bagger, der am Greifarm statt einer Schaufel eine Zange trug und damit an den Lichtmasten der Straße rüttelte. *Standfestigkeitsprüfung,* erklärte am Heck ein behördlicher Schriftzug. Malte ließ sich wieder aufs Bett fallen und suchte nach Parallelen zu seiner eigenen Situation. Darüber schlief er endlich ein. Den Wecker hatte er so gestellt, dass er rechtzeitig zum Mensatermin mit Stirnemann wieder auf den Beinen war, denn ein bisschen Gesichtspflege tat leider dringend Not.

Im *Kickstart* war der Lärmpegel angeschwollen, an den Simulatoren bildeten sich Warteschlangen, der Tresen-Yankee hatte zwei Mann Verstärkung bekommen, und Malte war mit Abstand der Älteste im Raum. Zudem der Einzige, der wie ein trauriger Autist an einem PC daddelte. *Forschungsauftrag beendet,* hieß es auf seinem Schirm. Chrissie lag deutlich vor Juli, eine neue Nummer eins auf der Bestenliste bahnte sich an, das war nicht in Ordnung. Auf Radio Flip skandierten sie Julis Kennzeichen, Glückskind der Woche gesucht. Das kathartische *TILT!* kostete Überwindung, aber es gelang; der Sirenensog des Flipperspiels war noch nicht mächtiger als Malte Hohlfeldt. Das letzte halbe Beck's auf Ex, Listelöschen nicht vergessen, und auf dem Weg hinaus unbedingt nochmal zum Klo. Draußen erreichte er wieder nur ihre Mobilbox. »Ich bins. Ich wollte. Ich versuchs wieder.«

Nein, er musste sich für nichts schämen. Er hatte, das spürte er auf einmal deutlich, in den letzten Wochen einen Erkenntnisprozess durchlaufen, und an dessen Ende stand nun der Entschluss, doch zu bleiben. Weiter zu kämpfen, es zu schaffen, sie zu retten. Weil die gemeinsame Sache es wert war. Nicht die Hirngespinste, die nie zu stillenden Sehnsüchte – sondern die Wirklichkeit. Es gab ja diese Momente der plötzlichen großen Klarsicht, diese Momente, in denen auch ein Malte Hohlfeldt mal fast angstfrei *Wirklichkeit* denken konnte. Ein Prosit der Wirklichkeit, einen Tusch! Und die Hirngespinste? In jedem Fall verzeihlich, willkommen sogar: An ihnen zeigte sich die Beweglichkeit eines Geistes, ohne sie würde man innerlich verkümmern. Chrissie Kürner? Er war ihr dankbar, wehmütig dankbar. Er ärgerte sich, dass er letzte Nacht nicht geglänzt hatte. Die Szene auf dem Dach würde bleiben. Sein Platz aber war an Julis Seite.

Nun wurden die Gedanken kitschig. Aber nein, er musste sich für gar nichts schämen, auch nicht für den Kitsch. Ich werde Juli Einhorn ein Kind machen, flüsterte er sich mutig zu. Auch das Kind würde Einhorn heißen, es gab ja keinen schöneren Namen, und vorher noch, gleich morgen, würde er für sie kochen, kochen, wie er noch nie gekocht hatte, und damit den Fluch brechen. Er würde siegen, er würde auch mit ihr zusammenziehen. Heiraten? Er fühlte sich jetzt reif für die entscheidenden Schritte. Und Juli mit Kind würde sicher auch größere Brüste haben.

Er vermisste sein Fahrrad. Nach einer Weile fiel ihm ein, dass es noch in der Burgstraße stand. Er spurtete hin, versuchte es zumindest, schon nach zwei Minuten schweißüberströmt, der fortgeschrittene Abend war stickiger als das *Kickstart*. Im Sattel sang er *Juliet* von Robin Gibb. Seine Stimme reichte nicht für die Höhen, doch das machte er durch Lautstärke wett. Völlig egal, wer ihn dabei hörte, zum Beispiel Pluderhose, der Spion. Wenn man diese rare epiphanische Klarheit verspürte, durfte man auf dem Rad auch mal ein bisschen lärmen. Außerdem war ja Bernds Geburtstag, zumindest noch für ein Stündchen, und wenn Malte von dem Großen eines wirklich lernen konnte, dann sich nicht zurückzuhalten in so einem Moment. Andere Leute hielten sich auf ihre Weise ja auch nicht zurück, den lieben langen Tag.

In seiner Straße sang er nicht mehr, er hatte eh nur wenige Brocken des Textes im Kopf. Als er abstieg, traten zwei Typen auf ihn zu, vielleicht aus einem parkenden Auto, er hatte nicht darauf geachtet. Was hätte man früher gesagt, als es noch nicht üblich war, an solcher Stelle das Wort *Typen* zu verwenden? *Männer* würde einen falschen Eindruck geben, der Jüngere der beiden war kaum sechzehn. Vielleicht *Burschen*.

»Du bist Malte Hohlfeldt, oder?«

»Ja, warum?«

Sie rissen ihn mit sich, das Rad schlingerte gegen die Hausmauer, sie zerrten ihn weg vom Eingang, um die Ecke, am Pferch mit den Müllcontainern vorbei, in die Büsche am Zaun.

»Was soll denn die Scheiße?«

»Wir kennen uns.« Es war wieder der Ältere, der sprach. Groß, glatt rasiert, eine schwarze Strähne in der Stirn, viel mehr war nicht auszumachen. »Und ich bin sicher, du willst mir ganz dringend ein paar Dinge erklären.«

»Das wäre mir neu«, sagte Malte. Allerdings wusste er nun, wen er vor sich hatte.

Und Sinan schlug zum ersten Mal zu. Eine Ohrfeige. Nicht besonders hart, aber darum ging es bei einer Ohrfeige ja auch nicht. Im Gegenteil, der Schmerz durfte nicht zu heftig sein, damit die Wucht der Erniedrigung sich voll entfaltete.

»Fällt dir immer noch nichts ein?«, fragte Sinan und pausierte nur kurz, ehe er ihm weitere Ohrfeigen gab, links, rechts, links.

»Nun sag schon. Ich warte.«

Das musste aufhören, sofort. Malte riss die Arme schützend vor sein Gesicht und versuchte Sinan in die Eier zu treten. Ein Stoß vor seine Brust warf ihn in die Zweige, gegen den Maschendraht.

»Hast du das gesehen, Hakan? Pass bisschen auf, ich bin kurz davor mich zu vergessen.«

Dass Sinans kleiner Bruder dabei war, hatte zwei Gründe. Zum einen sollte Hakan lernen, wie man richtig dosierte. Wegen der Sache am Montag, als er und sein plumper Kumpel einem gewissen Piepmatz was verpasst und es offenbar übertrieben hatten. So weit, dass einer im Krankenhaus landete, durfte es nicht kommen. Krankenhaus hieß Ärger. Der zweite Grund für Hakans Anwesenheit war allerdings, dass er zur Not mäßigend einschreiten sollte. Denn anders als am Montag ging es hier ja um eine echte Sauerei und nicht bloß darum, eine Portion pubertäre Energie auszulassen an einem armen Schwein, das nervte. Außerdem hatte Sinan sich seit Jahren nicht mehr geprügelt. Falls er also zu sehr in Wut geriet, war es an Hakan, ihn zu bremsen. Aus ein paar Sätzen, die zwischen den beiden hin- und hergingen, konnte Malte sich diese brüderliche Dialektik zusammenreimen.

»Was ist jetzt, du Arschloch? Hast du noch mehr so Tricks drauf?«

Noch immer hing er im Zaun, fand aber etwas Luft zum Sprechen: »Scheiße, Mann. So löst man doch keine Probleme. Chrissie hat ihren freien Willen.« Und wie erschütternd, dass sie ihren freien Willen dazu missbrauchte, sich mit so einem Grobian einzulassen. Und warum rührte sich kein Nachbar, waren die alle im Urlaub?

Sinan sagte, es gehe in diesem Moment nicht darum, was Chrissie wolle, und langte wieder zu, Malte bemühte sich auszuweichen. Dabei fiel von der Straße her ein Lichtschimmer auf sein Gesicht. »He, ich kenn den«, rief Hakan, »der hängt immer im *Kickstart* rum.«

Malte dachte: *Standfestigkeitsprüfung.* Zweimal setzte er noch zum Gegenangriff an, Sinan parierte beiläufig. Und als Malte schreien wollte, nahm ein Schlag ins Zwerchfell ihm gleich den Atem. Panisch suchten seine Blicke Hakan, doch der schüttelte bloß den Kopf und murmelte, soweit Malte verstand: »Mann, Mann, Mann, was für eine Flasche.« Die Flucht nach vorne misslang, er hätte Sinan dafür umrennen müssen. Nun ging er zu Boden, seine Schulter traf hart auf das Kiesbett neben der Hausmauer. *Strafe,* schoss es ihm durch den Kopf, *Abreibung. TILT!*

»Das wärs dann«, hörte er Sinan sagen, fühlte sich hochgerissen, wurde ein paar Schritte mitgeschleift und in den Pferch zwischen die Container gestoßen. Die Peiniger zogen Leine.

Im ersten Stock beugte sich endlich ein Nachbar aus dem Fenster. Was denn da unten los sei. Ich hab nur eben den Müll weggebracht, war Malte versucht zu antworten, doch er sagte gar nichts, hob abwinkend die Hand, schleppte sich so schnell er konnte ins Haus, die blutende Nase mit einem Zipfel seines T-Shirts zugepresst, mit der anderen Hand seine Taschen nach Portemonnaie und Handy abtastend. Beides noch da. Vor der Tür stieß er auf sein Rad, hob es mühsam auf, nahm es mit hinein wie eine Gehhilfe und mit in den Aufzug, den er sonst nie benutzte, merkte plötzlich, dass er kotzen musste, und erreichte eben noch das Bad.

Als er sich den Mund ausgespült hatte, ließ er sich aufs Bett fallen. Er lag nackt auf dem Rücken. Die linke Schulter geprellt, ein paar rote Fingerabdrücke im Gesicht, ein pochender Schmerz unterhalb des Brustkorbs.

Juli. Er musste sich noch einmal aufrappeln. Aber wieder nur *Hallo, Sie sind verbunden mit.* Ihm war schwindelig. Schnell wieder hinlegen. Noch kurz zum Nachttisch strecken. Radio einschalten.

Fluchtpunkt

Gegen neun war immer die richtige Zeit. Wer gegen neun seinen Tag begann, hatte weder den Stundenplan eines Knechts verinnerlicht noch vor dem Weltbetrieb kapituliert. Er handelte selbstbestimmt. Er war bei sich. Gegen neun also, auch wenn draußen schon zwei Stunden die Betonmischer eierten, die Kreissäge schrie, Treppenhausschutt durch eine geriffelte Plastikröhre in einen Container auf dem Hof prasselte; gegen neun auch heute, hoch soll er leben. Bernd Hohlfeldt wand sich aus der Duschzelle neben der Spüle, ließ das Handtuch und den Rasierer auf den zerknautschten Küchenboden fallen, wo sich schon einiges häufte. Von seinen vier Hosen zog er die leichteste an, dazu das weiße Hemd.

Und nun war ein Wort fällig, ein Wort ohne lange zu überlegen, ein Wort, das diesem Tag abseits von allem Kalenderhokuspokus eine Note und Neigung geben würde. Gegen die Spüle gelehnt zerrte er die porösen blauschwarzen Slipper über seine Fersen. *Manis crassicaudata.* Ihm wollte zwar nicht einfallen, wohin das gehörte, aber ein wenig Latein konnte heute nicht schaden. Es klang ja auch irgendwie zutreffend, *Manis crassicaudata,* und gesagt war gesagt. Er wischte sich Tropfen und dünne Strähnen aus der Stirn, nickte seinem Bild im Handspiegel zu und warf ihn zu dem anderen Zeug auf den Boden.

Bescheide, Kündigungen, Mahnungen, Rechtsbelehrungen, all das hatte es reichlich gegeben, Beratungstermine beim Bezirksamt, zu denen er nicht erschienen war, letzte und allerletzte Fristen, die er hatte verstreichen lassen. Ende Juni hatte sich dann der finale Kurier hoch in das Hinterhaus bemüht, ein ausgemergelter blonder Rastaman mit fliehendem Blick, und hatte das Einschreiben mit dem Tag gebracht, an dem ein Gerichtsvollzieher die Wohnung versiegeln würde. Dass Bernd Hohlfeldt auf dem Empfangsschein statt seiner Unterschrift *Brennen muss Babylon* oder einen ähnlichen Blödsinn hinterließ, schien den Boten nicht zu stören, aber die Einladung auf einen Obstler zur Feier der Nachricht, die er brachte, schlug er aus: »Nicht im Dienst.« Bei dieser Antwort war Bernd dann doch ein bisschen wütend auf den Bengel geworden. Keine Posttasche, in der nicht zumindest eine Batterie Boonekamp mitreiste, so viel wusste jeder, der mal Briefe ausgetragen hatte. »Jah hat dich vergessen, kleiner weißer Rastafari«, hatte er dem kleinen Rastafari gesagt, »du bist jetzt allein auf der Welt«, und stumm war der Kurier die Treppen hinabgehastet.

Der Termin war Montag, der 11. August. Bis dahin hatte der Gerichtsvollzieher nun noch ein Wochenende vor sich und natürlich sein heutiges Pensum. Woraus mochte es bestehen? Aus anderen Zwangsräumungen? Hatte so jemand täglich etwas zu versiegeln? War er für mehrere Bezirke zuständig? Träumte er vom Innendienst, oder saß er meist über staubigem Bürokram und war froh über jeden Vollstreckungsauftrag, der ihn aus der Routine riss? Freute sich der mit dem Fall Hohlfeldt beauftragte Beamte schon auf den Einsatz Montag früh? Wie wurde man Gerichtsvollzieher, wie kam man dazu, sich dafür zu entscheiden, und wie gestaltete sich die Ausbildung? Lief man anfangs an der Seite eines erfahrenen Kollegen mit? Auf was für eine Karriere hoffte man? Wie hoch war die Frauenquote in diesem Amt? War das Tragen eines Anzugs Pflicht? Wurden Henker pro Leiche bezahlt, oder bezogen sie ein Festgehalt? Pläne, ein Blatt mit derlei Fragen der Behörde zurückzuschicken oder an die Wohnungstür zu hängen, hatte Bernd nicht weiter verfolgt.

Das letzte Frühstück am schmalen Küchenfenster, an der blassblauen, mit einem unregelmäßigen Netz aus feinen gelblichen Linien überzogenen Resopalplatte; oder nannte man das Zeug im Osten anders? Kaffee, Toast und Marmelade. Im Regal lag auch noch eine Tomate, nur zur Hälfte matschig, und ein paar Vitamine durften es heute früh ja sein. Als er fertig war, wischte er den Toaster, das Konfitürenglas, Salz und Pfeffer vom Tisch, das Gedeck ließ er stehen. Im Hof legte gerade wieder der Presslufthammer los, das Bauarbeitergebell und das Getrampel auf dem Gerüst setzten bis Feierabend ohnehin nicht aus.

Natürlich konnte er die ganze Palette der Empfindungen abrufen, die zu seiner Lage passten: den Zorn (ohnmächtig oder blind), die Angst, die Empörung, das Scherbenhaufengefühl, das Ich-werds-euch-allen-zeigen-Gefühl, die neblige Resignation. Doch keiner dieser Affekte beherrschte ihn. Sie standen ihm als Möglichkeiten zu Gebot, er konnte frei zwischen ihnen wählen und zog es vor, sich für keine von ihnen zu entscheiden: Bernd Hohlfeldt fühlte sich an diesem Tag von großer Gelassenheit erfüllt. Er griff nach seinem Geld, schob es in die linke, noch ganze Hosentasche.

»Knechte, Knechte«, raunte er den Handwerkern auf der Treppe zu, die ihn natürlich für einen Irren hielten, und sie gluckster »Mahlzeit«, denn sie hatten sich angewöhnt, sein Erscheinen als Signal für ihre Frühstückspause zu nehmen. Dass er ihre Stromleitungen im gehäuteten Treppenhaus anzapfte, versuchten sie nicht mehr zu verhindern, es konnte ihnen ja auch egal sein. Vielleicht nötigte seine Findigkeit beim Verschalten ihnen sogar ein bisschen Respekt ab.

Im ersten Stock, an die Wand zwischen den Wohnungstüren gelehnt, ein Geburtstagsgeschenk: der erste Stapel Thermopanefenster, noch eingeschweißt. Bernd überlegte kurz, ob er versuchen sollte hineinzutreten, und entschied sich dagegen, schleppte nur eine der in weißes Plastik gefassten Scheiben mit ins Parterre und stieß sie durch die angelehnte Kellertür. Die absteigenden Frühstücker, zwei Treppen höher, schienen nichts zu bemerken.

Auf den Hof begann schon die Sonne zu knallen, eine Stunde noch und der Sommer würde wieder wie eine muffige Heizdecke über der Stadt liegen. Zwei der Knechte stellten ein paar Sechserpacks Discounter-Mineralwasser vor dem Bauwagen ab, und in der nordwestlichen Hofecke brach der Kollege, der den alten Beton wegmeißelte, damit alles sauber aufgepflastert und mit Grünflächen und mit kleinen Garagen für Kinderwagen durchsetzt werden konnte, in hektisches Fuchteln aus. Ohne noch einmal aufzublicken schlängelte Bernd Hohlfeldt sich zwischen Gerümpel, Gerät und Baustoffen zum frisch gestrichenen Vorderhaus durch, zum Torbogen, zur Straße.

Als er herkam, war er dünn und bleich gewesen, das Haar wie schwarze Gardinen, die er vor seinem Gesicht fast zuziehen konnte, doch meist hinter den Ohren raffte. Einen Haarreif hatte er nur beim Zeichnen getragen. Schwarz war auch seine Kleidung gewesen, doch darin durfte man kein Bekenntnis sehen: Die Kuscheligkeit von Glaubensgemeinschaften hatte er schon damals gründlich satt gehabt. Er hatte sich auch nicht für Ostberlin entschieden, um Teil einer Aufbruchstimmung zu sein, eines Neubeginns oder eines anarchischen Übermuts. Was ihn herlockte, war das Riesig-Ramponierte, das Entfärbte und Bröckelnde. Die erloschenen Straßenzüge, die Anblicke ausgelaugter, verdämmernder Zivilisation. Von dieser Gestalt, das sah er klar, würde die Zukunft des ganzen Landes sein, auch wenn der Westen im Siegestaumel noch vor Kraft zu bersten schien. Unter seinen geplusterten Muskeln sackte das alte Monster Deutschland langsam in sich zusammen, darüber hatte Bernd Hohlfeldt sich auch 1990 nicht hinwegtäuschen lassen. Und er wollte dort leben, wo diese Wahrheit am unverschämtesten hervorbrach und sich mit aller Anstrengung nicht überschminken ließ.

Die andere, die ungeduldige, aufgekratzte Art von Endzeitstimmung hatte er ebenfalls gut gekannt, hatte jahrelang mitgewimmelt in der Fraktion des Großen Knalls. Erst noch ein bisschen K-Gruppe, bisschen Punk, später Anti-Pershing und Republik Freies Wendland. Nie vorne, aber immer dabei. Bis in ihm der Abscheu gegen die heimelig-hysterische Angst vor der Apokalypse, die all solche Bewegung speiste, über die entscheidende Schwelle trat. Dann sein Rückzug. Das Grauen vor jeder Form des Übergreifenden, der Zusammenrottung, des Kirchentags. Schnitt – und alles, was davor lag, war in ein paar Schlagworthülsen angemessen bestattet. Keine Details, keine alten Gesichter.

Dass er sich, am Ort der Wahrheit eingetroffen, doch wieder einer Gruppe anschloss, hatte praktische Gründe. Man musste ja wohnen und essen, und das Besetzerhäuflein, mit dem er in das leere Hinterhaus am Teutoburger Platz zog, verfolgte ein paar Pläne, die Bernd Hohlfeldt entgegenkamen. Ins Parterre wurde natürlich eine Kneipe gesetzt, und zwei Stockwerke höher wollten ein paar ehrgeizigere Schwärmer einen Verlag aufziehen und nannten die hartstrichigen Zeichnungen, die Bernd damals machte, subversiv. Er erreichte, dass die Wohnung im vierten Obergeschoss rechts ihm allein zur Verfügung stand. Die Wohnung gegenüber, die Brüchigste im ganzen Haus, diente nur manchmal als Matratzenlager, wenn zur Walpurgisnacht oder ähnlich feierlichen Anlässen besonders viele Gäste unterzubringen waren. Sonst hatte Bernd hier oben seine Ruhe.

Das Hochbett hatte er im ersten Winter verheizt, die meisten anderen Möbelreste hinausgeworfen und im größeren der beiden Zimmer seine Zeichenplatte aufgebockt. Viel mehr Mobiliar besaß er bis heute nicht, nur sein Archiv: ein paar Regalmeter zu beiden Seiten des Zeichentischs, voll gepackt mit Skizzen und Notizen, mit Zeitungsschnipseln, Flugblättern, Prospekten. Seit einiger Zeit wären zwei neue Meter nötig gewesen. Wären.

Einige Wochen nachdem man sich eingerichtet hatte, war der Eigentümer des Hauses vorstellig geworden. Doch die Konfrontation im Hof – das Kneipenteam, beim Durchfegen aufgestört, mit verschränkten Armen vor der Tür, der Ankömmling mit Daumen im Hosenbund ihnen gegenüber – hatte sich rasch entspannt. Der Eigentümer ließ berlinernd den Kopf wackeln und fand alles super. Er veranschlagte eine winzige Miete und hockte nächtelang mit den Schwärmern beim Bier, um die späten Siebziger heraufzubeschwören, als sich genau hier, genau in diesen Räumen, ein Kränzchen dissidenter Literaten heimlich getroffen und debattiert und getrunken und fest zusammengehalten habe. »Dit war der Prenzlauer Berg.« Und ein Echo jener Tage könne er nun wieder spüren. Bernd fand den Mann unerträglich.

Die Verlagsgründer im Haus hatten sich auf den Namen edition rotschwarz geeinigt. Manche von Bernds Comics liefen nicht schlecht, deutlich besser aber, vor allem in den ersten Jahren, seine Postkarten, dabei sah er sie als Nebensache von plattem Witz. Den Titel *Blühende Landschaften* trug das Foto einer Reihe rostiger Gießkannen, die neben dem Gärtnerhäuschen des Dorotheenstädtischen Friedhofs an Haken hingen. *Tag der Einheit* zeigte einen ausgeweideten Mercedes, der auf dem Gelände einer Autopresse in Tempelhof über die Reste eines Trabants gestapelt war. Ein überfahrener Vogel hieß *Die weißen Tauben sind müde*. Und so weiter. An zwei

Tagen in der Woche half er im Parterre hinter der Theke, er trug Zeitungen aus, saß in einem Off-Kino am Projektor und was man eben machte für den Selbsterhalt, während sich die Endzeit, wie es in ihrem Wesen lag, in die Länge zog.

Als Erstes mussten sie die Kneipe aufgeben, die Polizeibesuche waren zu häufig, die Bußgelddrohungen zu wüst geworden. Dann stellte sich heraus, dass der Hausbesitzer nicht der Hausbesitzer war, und von dem Tag an blieb er unauffindbar. Abgesandte einer Immobiliengesellschaft ließen sich blicken, Mappen voll amtlicher Dokumente vor der Brust, und erklärten, das Hinterhaus sei unverzüglich zu räumen, konzentrierten sich dann aber noch mehrere Jahre darauf, einen halb toten Nachbarschaftsverein und eine Hand voll verstummter Frührentner aus dem Vorderhaus zu verscheuchen.

In diese Zeit fiel Bernds erfolgreichste Schöpfung. Eine geduckte Gestalt, die unter ihrer Kapuze anstelle eines Gesichts einen Handschuh mit weiß genopptem Besatz trug. Torwart Krisenmöller. Flink und ruhelos. Auf unbegreiflicher Mission irrte dieser Held durch ein Berlin, das stets im Halbdunkel lag und allenthalben schwankte, aufriss, einbrach. Nur an der Imbissbude seines weisen Verbündeten, des Boulettenbuddhas, kam er manchmal ein paar Augenblicke zum Verschnaufen. Und rettete die edition rotschwarz knapp vor dem Aus, obwohl der Titel des Bandes, *Torwart Krisenmöller in: Ist dieser Rückstand noch aufzuholen?*, nicht einmal unsperrig war. Bernd fand sich bei Signierstunden auf Comicmessen wieder, und Kollegen, deren eigene Figuren entweder wie Exkremente oder wie für Fünfjährige gemalt aussahen, prüften, ob er sich als Gesprächspartner für sie eignete. Er eignete sich nicht. Er weigerte sich auch, weitere Erlebnisse Torwart Krisenmöllers zu zeichnen, sosehr die rotschwarz-Unternehmer ihn auch beknieten. Stattdessen begann er eine neue Serie, *Die rote und die schwarze Null,* Zwei-Seiten-Strips um ein Paar von Ellipsen, die sich zu Rechtecken umoperieren ließen und dann darauf angewiesen waren, dass jemand sie trug, wenn sie irgendwohin wollten. Den Verlegern fehlten für solche luftigen Kommentare eigentlich gerade die Nerven, doch Torwart Krisenmöller zog die beiden Ex-Nullen noch ganz gut mit.

Und etwa die Hälfte der Besatzung hatte das Hinterhaus inzwischen verlassen.

Den Boulettenbuddha gab es wirklich. Ein wuchtiger Badener mit Lehrerschnauzbart und schulterlangen grauen Locken, der in Berlin eine junge Vietnamesin geheiratet und den Imbissweg zur Erleuchtung gefunden hatte. Ein Freund? Freundschaft, zumindest die dumpfe, klebrige Kumpelei, die man weithin unter Freundschaft verstand, war ja nicht Bernds Sache. Aber er hatte etwas übrig für diesen Koloss, der es schaffte, aus dem Kneten von Fleischteig eine Meditationsübung zu machen, unter leise grollendem Singsang, ohne dass ihm deshalb die Keine-Experimente-Kundschaft davonlief. An seinem Grill auszuhelfen war zunächst einer der Jobs gewesen, an die man in Bernds Umgebung herankam und ohne die es eben nicht ging. Doch schon bevor er sich im Krisenmöller-Heftchen wiederfand, hatte der Boulettenbuddha zu Bernd seinerseits genug Vertrauen gefasst, um ihm sogar mal für ein paar Tage ganz die Bude zu überlassen, wenn er, der Buddha, die Einsamkeit suchte oder in Sachen seines alten Lebens, seiner heranwachsenden Töchter aus ersten Ehen, zurück an den Kaiserstuhl reiste. Von dort brachte er Wein mit, Gutedel und Burgunder aus Bischoffingen, und den Obstler, von dem er Bernd jedes Mal eine Flasche abgab. »Damit er dir Geist verleiht«, sagte er, und Bernd sagte: »Ich nehme ihn lieber ohne Grund.«

Leute wie den Buddha zu kennen bedeutete einige Erleichterung. Am besten wäre, nur unter solchen zu leben. Keine aufdringlichen Originale, die dich auf der Straße eitel anschwappten, sondern das dezent wahnsinnige Personal einer ausklingenden Welt; Gestalten von der Art, wie sie Bernds Comics bevölkerten.

Nicht dass der Anteil dieser Gestalten am Stadtbild merklich wuchs. Im Gegenteil. Die Endzeit umfasste eine Etappe der trügerischen, letzten Besiedlung. Eine Etappe der Fransenponys, Nabelringe, Klingeltöne, auch der antiquarischen Kinderwagen aus den 60ern, die es bei den jungen Familien unbedingt sein mussten und die dann nie durch die Tramtür passten. Dazu die läppischen Geschäftsideen, die in den Erdgeschossen aufsprossen, um sogleich wieder zu verkümmern. Simulation einer Gründerzeit mit den Mitteln eines verseuchten Sandkastens. Reflexhaftes Marktgewimmel ins Leere. Nein, Bernd hatte sich nicht getäuscht. Sein Gespür für das Ende und seinen Verlauf war untrüglich. Zwar sah der Buddha die Dinge anders, aber dass man mit jemandem gut zurechtkam, schloss ja nicht aus, dass der ein paar grundlegend falsche Einschätzungen durchs Leben trug.

Im neuen Jahrtausend hatte Bernd nichts mehr veröffentlicht, abgesehen von einer kleinen Postkartenserie zur Bundestagswahl 02. Gezeichnet aber hatte er bis vor kurzem durchaus viel, an einer großen Panoramageschichte, deren Arbeitstitel *Letzte Versuche* er von Anfang an zu pathetisch gefunden hatte und nun nicht mehr ersetzen musste.

Seit fast anderthalb Jahren war er alleine im Hinterhaus übrig. Der Einzige, der sich nicht hatte zermürben lassen, der Einzige, der wusste: Was ihn von hier wegdrängen wollte, war eine Lüge, die schäbige Chimäre einer Zukunft, die es für diese Hauptstadt, für diese nachrückenden Leutchen, für dieses Land nicht mehr geben würde. Und langsam dämmerte dies den Leutchen ja auch. Wenn man einen Blick hinter die Kinderwagen und Sonnenbrillen in den Straßen warf, sah man, da nistete die Angst.

Als die Arbeiter auf den Hof vorgedrungen waren, hatte er mit ihnen geredet, auch den einen und anderen Schluck Obstler an sie weiterverschenkt. Natürlich hatten sie dennoch ihr Gerüst gebaut, willige Handlanger, und waren ihm immer dichter auf den Pelz gerückt, *bis der Bekloppte raus ist, wird schon mal ringsum fertig gemacht;* glatter neuer Putz und Klickparkett selbst für die wie im Häuserkampf zerbröselte Matratzenlagerwohnung nebenan.

Bernd harrte aus. Spannte zwei Meter schwarzen Stoff vor das Fenster des Zimmers, in dem er schlief. Begann seinen Tag nicht vor neun. Zwischen Kosmetik und Wahrheit würde es zu einem Moment der Entscheidung kommen, aber diesen Moment herbeizuführen überließ er den Kosmetikern. Wenn sie ihm tagelang das Wasser abstellten, kam er damit zurecht. Als sie die Tür seines Etagenklos aushängten, überwand er sich und ging vor ihren Augen scheißen, ohne auf irgendeinen ihrer Zurufe zu reagieren, und am nächsten Morgen war die Tür wieder da. Den Immobilienbütteln mit den Mappen vor der Brust, die es zu Beginn des großen Schriftverkehrs auch noch zweimal persönlich bei ihm versuchten, öffnete er nicht. Es wurde wieder Sommer, und was für ein Sommer. Das Vorderhaus erhielt einen säuglingsblauen Anstrich. Ein paar Wochen noch, und die ersten jungen Familien würden dort einziehen.

Räumungsklage, Räumungstitel, Räumungsfrist gemäß §721 Zivilprozessordnung. Ein Antrag auf Vollstreckungsschutz nach §765a lag beim zuständigen Amtsgericht Mitte nicht vor, Herr Hohlfeldt hatte kein einziges Mal mit den Behörden Kontakt aufgenommen.

Und hoch soll er leben.

Es war so weit, und er kannte seinen Weg.

Kein Gezeter, kein Loch, in das er fiel.

Er hatte auch keine besonderen Vorbereitungen getroffen, er hatte diesen Tag in Ruhe kommen lassen, und er würde ihn ohne unnötiges Theater durchlaufen.

Dünn war er längst nicht mehr. Die Jahre machten ihn teigig, ließen seine Konturen verschwimmen. Gesicht und Hals erschlafften, der Leib ging aus dem Leim, auf dem Rücken wucherte das Haar ohne jede Hemmung, während es auf dem Kopf strähnig und spärlich wurde. Mit einiger Hast baute die Natur den menschlichen Körper auf, um ihn dann gemächlich wieder zu zerstören. Das war nicht die Art von Prozess, gegen die Bernd sich auflehnte. Hier war Gleichmut geboten. So hatte er mit der Zeit auch seine Zeichnungen flächiger, schwammiger werden lassen, sich zunehmend entfernt von seinem harten Strich von vor fünfzehn Jahren. In seiner letzten Arbeit waren oft schon keine präzisen Grenzen mehr auszumachen zwischen den Figuren und den Hintergründen, und der Fluchtpunkt dieser Entwicklung wäre wohl ein Stil gewesen, der Menschen, Gegenstände und Gebäude nur noch als punktuelle Verdichtungen des schütteren grauen Raums erscheinen ließe, in dem sie auftraten. Doch wen kümmerte es, ob man einen Fluchtpunkt erreichte? Zur Endzeit gehörte auch der Tag, von dem an man nicht weiterzeichnete.

Manis, Manis crassicaudata. Das weiße Hemd spannte sich über seinem Bauch, binnen weniger Minuten würde es schweißnass an ihm festkleben. Was die lateinischen Worte meinten, war ihm immer noch nicht eingefallen. Es hatte sein Gutes, wenn das, was man vor sich hinsagte, auch einem selbst ein Rätsel blieb.

Er war in die Choriner Straße gebogen, Richtung Schwedter Straße, den Blick auf den Gehweg geheftet, sodass das

Flickwerk der Beläge wie ein Film vor ihm ablief. Oberflächen, die sich München oder Frankfurt nicht verzeihen würden. Noch nicht. Fünf, sechs Sorten Pflaster im spöttischen Wechsel, und zwischendurch immer wieder, als hätte nichts anderes mehr geholfen, Asphaltpfropfen und -flächen, kreuz und quer vernarbt, aufgestülpt und zerrissen von unterwärts ausgreifenden Baumwurzeln. »Ich bin eine Kamera«, sagte Bernd, als er mit ein paar Schulkindern, die auch nicht nach vorne blickten, zusammenstieß, »und was seid ihr?« Die Kinder antworteten nicht. Wie sollten sie auch, wie sollten sie wissen, wer sie waren, ihnen stand ja hier gar keine Welt mehr zur Verfügung. »In dieser Kamera liegt ein Film, der sich selbst zerstört, sobald er einmal gelaufen ist«, rief er ihnen noch hinterher.

An den Ampel- und Schildermasten die immer gleichen Aufrufe. Verlässlich entliefen den Leuten Katzen, und verlässlich hielten sie Details wie *bald zwei Jahre alt, eine auffällig schöne Fellzeichnung und ein hübsches Gesicht* für hilfreich bei der Suche. Tauchte je eins dieser Tiere wieder auf? Vielleicht waren sie die ersten Bewohner des vorgetäuschten *Weiter so,* die im großen Stil ganz verschwanden. Vielleicht ernährte sich die Chimäre von ihnen. Vielleicht würden in dieser Gegend bald auch die Kinder spurlos abhanden kommen. Szenarien für das *Letzte-Versuche*-Panorama.

Zwischen den Katzensteckbriefen ein paar Wohnungsgesuche, überschrieben mit *Dringend! Dringend! Dringend!*, und weiter unten folgte zwischen *nettes junges Paar, bald zu dritt, drei oder vier Zimmer, bis 800 Euro und festes Einkommen* noch ein *superdringend,* als könnte dies Passanten, die eigentlich nicht von geeigneten freien Wohnungen wussten, bewegen, so intensiv nachzudenken, dass ihnen plötzlich eine einfiel. Und gewiss hängten die netten jungen Paare solche Zettel nur aus, um es nicht unversucht zu lassen, und ergatterten ihr Nest am Ende doch bei den Touren der Makler, die ihnen, sobald Bernd der Bekloppte gewichen wäre, auch die Hinterhauswohnungen mit den frischen Velux-Fenstern vorführen würden. Den Gesuchen an den Masten stand nur ein Angebot entgegen, ein Ferienhaus auf der Insel La Palma, *Die Grünste der Kanaren.*

Wenn man sich nicht zusammennähme, könnte man auf jedem Meter eine dumme Verknüpfung zur eigenen Lage herstellen. Dann sähe man an der Ampel auf der Schwedter Straße gerade einen Kleinlaster starten, auf dessen Pritsche ein entwurzelter Baum lag, und auf der Bank vor der Turnhalle verschnaufte zwischen ihren Plastiktüten eine Alte mit gebrochener Nase, in ihren Händen ein knittriges einzelnes Exemplar der Straßenzeitung *Querkopf*. Sobald du dich von solchen Bildern gemeint fühltest, wärst du verloren. Die Lüge in ihrer erbärmlichen Penetranz hätte dich gebrochen, hätte dich ausgehöhlt wie es die Miniermotte mit dem Laub der Kastanien tat, oder doch anders, denn die Miniermotte schien von der Art und Wirkung ihrer Arbeit her durchaus ein Tier der Wahrheit zu sein.

Und Bernd fühlte sich ja nicht gemeint von den Bildern. Dass es an diesem Tag Anfechtungen gab, war unvermeidlich. Er war nicht stumpf, ihm stand die ganze Palette der in seiner Lage üblichen Empfindungen zur Verfügung, und zwangsläufig versuchte dies und das von der Palette ihn immer mal anzuspringen. Dann kam es zu einem kleinen Zittern, bevor die klare Ruhe wieder obsiegte.

Die Graffiti an den pastellgeschminkten Hausmauern beschränkten sich schon lange auf schwarz und dumpf hingeschmierte Tags, als einzig lesbare Wörter wiederholten sich *drunk*, *vegan* und *Pistole*. Bernd malte sich Sprüher aus, auf die alle drei Begriffe zugleich zutrafen, und gewann dieser Vorstellung ein kleines trockenes Lachen ab. Am Straßenrand sah er einen Ford Transit, beschriftet mit *S.P.A.R.K. – Street People Armed with Radical Knowledge*, und war froh, nicht zu wissen, wer dahintersteckte, und sich über das, was diese Fahrzeughalter unter radikalen Kenntnissen verstanden, nichts erzählen lassen zu müssen. Natürlich, man hätte es rührend finden können, dass hier zwischen all den nach festem Boden strampelnden Jungakademikern auch noch ein paar Sektierer nachwuchsen, die sich zu einer Unrast bekennen wollten. Doch Rührung war fehl am Platz. Um dies alles zurückzulassen, bedurfte es keiner großen Anstrengung, so lautete die nüchterne Diagnose auf dem abschließenden Rundgang, und das war alles.

Obwohl, stopp: Nicht zu viel Bilanz ziehen. Wer ernsthaft zu resümieren begann, tappte unweigerlich in die Falle der Verklärung.

Bernd war stehen geblieben, rieb sich das Gesicht. Wie geschah ihm? Immer wieder fand er sich heute an diesen Punkten, wo sich ihm sein eigener Zeigefinger entgegenzurecken schien: Denk hier nicht weiter, gebiete dir Einhalt, Strauchelgefahr. Von Gelassenheit erfüllt? Oder von Tabus umstellt? Ihm war, als hätte die Perspektive, aus der er auf sich selbst blickte, von einem Moment auf den nächsten radikal gewechselt. Doch was sollte das heißen? Sein Kopf voller verkannter Sperrgebiete, der teigige Bernd Hohlfeldt im selbst genähten Korsett? Und die Konsequenz daraus? Seine Gedanken schienen sich zu verwirren, er konnte sich nicht mehr recht folgen. Die Chimäre schien nach ihm zu grapschen.

Nur die Chimäre.

Sicher auch die Hitze.

Er suchte Schatten, vormittags war das ja noch nicht so schwer, holte Atem und setzte seinen Weg fort. »Höchste Zeit«, hörte er sich durch die Zähne sagen.

»Da kommt er und will seinen Schnaps«, rief der Buddha ihm schon von weitem entgegen, über die Theke seines Imbisswagens gebeugt, ein Wischtuch ausschüttelnd, und Bernd sagte: »Besser wäre jetzt ein Wasser.« Seit ein paar Jahren war der Wagen im Bötzowviertel aufgestellt, in einer schmalen, im hinteren Teil hüfthoch zugewucherten, zum Gehsteig hin mit grauen Verbundsteinen gepflasterten Baulücke. Ein doppelachsiger, umgebauter Caravan, die Räder verblendet. Bernd entriegelte den Sonnenschirm, der vor dem Wagen aus der Mitte eines runden Stehtischs ragte, und der Buddha reichte eine blaue Flasche Discountersprudel über die Theke. Hinter ihm im Halbdunkel rührte die Vietnamesin in einem Kochtopf. Sie strahlte Bernd über die Schulter an, heftig nickend. Neben der Grillpfanne stand, mit Stanniol bedeckt, schon die erste Schüssel Boulettenteig. Der Buddha strich das Mandala in Rot und Gelb auf seiner Schürze glatt.

»Und?«

»Ich wollte dich fragen, ob du Latein kannst.«

»Garantieren möchte der Buddha dafür nicht. Aber manchmal hat er ja noch ein paar Dinge aus dem Leben vor seiner Erleuchtung im Kopf, obwohl er sie nicht mehr braucht.«

»*Manis crassicaudata.* Fällt dir dazu was ein?«

Der Buddha wog das grau gelockte Haupt. »Das ist allerdings nicht Latein, sondern Zoologie.«

»Ist ja wohl trotzdem Latein.«

»Wie Ihr meint, Kalif Storch. Beziehungsweise Kalif Schuppentier. Ein Kollege aus dieser Familie muss es nämlich wohl sein, wenn es *Manis* heißt. Welcher genau, kann die Boulettenenzyklopädie euch nicht sagen. Aber sicher ein besonders krasser.«

Bernd verzog den Mund und trank noch einmal aus der Wasserflasche. »Bisschen sehr albern. Dass einem, wenn man morgens in den Spiegel guckt und sich durchs Haar fährt, ein Schuppentier einfällt. Ich bin enttäuscht von mir.«

»Du musst loslassen lernen. Dann passiert dir so was nicht mehr. Aber meinen Vortrag über deine Eitelkeit kennst du ja schon, und ich will dich damit nicht wieder behelligen, zumindest nicht so früh am Tag.«

»Ich verrate dir was: Ich habe heute Geburtstag.«

»Na, das passt ja.«

»Vierzig.«

»Vierzig? Und das findest du wichtig.«

»Nein.«

»Betupp dich nicht selber, Bernd.«

»Ich betuppe mich nicht.«

»Gut. Dann lass uns feiern.«

»Meinen Abschied.«

Schon halb zum Getränkekühlschrank gewandt, wo zwischen Bier und Brause ein Fach seinen Weißweinen vorbehalten war, riss der Buddha die Augen hinter den eckigen, beige getönten Brillengläsern noch weiter auf, als er es immer tat: »Heißt das, sie haben es geschafft, dich rauszusetzen?«

»So gut wie. Montag kommt der Vollstrecker, und heute komme ich ihm zuvor.«

»Aha. Und wie machst du das?«

»Ich lasse los. So richtig. Ich gehe und ich komme nicht wieder.«

»Das kannst du einem Buddha nicht erzählen.«

»Sehr witzig.«

Die Vietnamesin hatte ihren Topf neben der Schüssel mit dem Fleischteig abgestellt. Auch auf ihrer Schürze ein rotgelbes Mandala. »Was sagst du da?«, wollte sie von Bernd wissen.

»Das Schuppentier verlässt den Schuppen.«

Das Lachen des Boulettenbuddhas, kehlig, stimmlos: »Kch, ch, ch, ch, ch.«

»Du gehst weg?«, hakte seine Frau nach, während sie ihre Schürze aufband. Bernd kannte sie nur als Molly. So nannte sie der Buddha, und fragte man sie selbst, dann sagte sie auch Molly und freute sich, als hätte sie einen in den April geschickt. Es fiel Bernd schwer, mit ihr zu reden. Nicht weil sie eine Frau war oder weil er ein Problem mit Asiaten gehabt hätte. Nein, der Umgang mit Menschen war ja allgemein mühsam, und dass der Buddha von dieser Regel eine der seltenen Ausnahmen bildete, bedeutete nicht, dass für seine Frau dasselbe galt.

Sie ließ nicht locker: »Ganz weg aus Berlin?«

»Berlin gibt es doch schon lange nicht mehr.«

Sie warf lachend den Kopf in den Nacken und griff dabei nach der dicken Hand des Buddhas, um sie kurz zu drücken, bevor sie durch die Tür auf der Rückseite des Wagens schlüpfte. Als sie mit ihrem Fahrrad herumkam und Bernd beim Losfahren noch einmal zuwinkte, bemerkte er die Wölbung. Offensichtlich war sie schwanger.

»Du wirst ihr fehlen.« Der Buddha musste wissen, dass Bernd solche Phrasen nicht hören wollte. Er hatte die dem Anlass gerechte Flasche aus dem Kühlschrank gezogen und entkorkt, zwei grüne Römer auf die Theke gestellt. »Gieß du mal ein.« Denn hinter ihm signalisierte eine Leuchte, dass die Grillpfanne auf Temperatur war.

Bernd nippte von dem Weißburgunder. Er war, anders als der Buddha wohl glaubte, kein großer Trinker, und die Aussicht auf einen Frühschoppen bei 32 Grad unter dem mürben Sonnenschirm behagte ihm nicht. Doch nun war es so gekommen, er hätte sich ja wehren können. Das Brutzeln auf der heißen Platte mischte sich mit brummendem Gesang. Viel *om* und *hum* kam in dem Singsang vor, und ob das nun wirklich Sanskrit war, Vietnamesisch, welche südöstliche Sprache auch immer, oder bloß ausgedacht, hatte Bernd den Dicken nie gefragt. Ebenso wenig hatte der geäußert, ob er sich in den Lautfolgen wiederfand, die Bernd ihm im Krisenmöller-Heftchen in den Mund gelegt hatte. Doch drei kopierte Seiten aus dem Comic hingen im Imbisswagen aus, über der Arbeitsfläche zwischen Kühlschrank und Grill, und drängten sich zwar nicht ins Auge, ließen sich aber, wenn man sich ein wenig über die Theke beugte, gut lesen.

»Du bist doch auch eitel, Buddha«, sagte Bernd, »hängst dir dich selber an die Wand.«

Auf solchen Unfug aus dem Mund des von ihm gutmütig geförderten Künstlers reagierte der Buddha gar nicht. Drehte flink eine Boulette nach der anderen um, legte den Wender beiseite und ließ seine monotone Melodie, die Hände über den Grill breitend, ausklingen. Wie herbeigesungen hatte sich ein wenig Kundschaft vor dem Wagen versammelt, ein Walrossbart, nackte Brust unterm aufgeknöpften Blaumann, eine zerzauste junge Frau mit Augenringen und eine weitere, die bestimmt ihre Mutter war.

»Du bist, glaube ich, der Einzige, der so was aufhängt. Außer meinem Bruder.«

Der Buddha stand ihm mit rotem Gesicht und erhobenem Römer gegenüber. »Der Malte aus der Puppenhausstadt?«, fragte er, nachdem er feierlich getrunken und den Jubilar durch fettbespritzte Brillengläser ein paar Augenblicke reglos betrachtet hatte.

»Es gibt nur den.« Und aus Maltes Briefchen, die noch manchmal kamen, wusste Bernd, dass der Jüngere Krisenmöller und anderes in seinem Universitätszimmer prangen ließ. Als müsste er ihm seine Anhänglichkeit beweisen. Ein Schauer überlief Bernd, das war gerade nicht zu verhindern.

Ein Weißburgunder wie frisches Stroh und Honig. So etwas hätte er jetzt sagen und dem Buddha eine Freude machen können. Der hatte je eine Boulette in drei gefältelte Pappschalen gelegt, Schrippenhälften dazu, Kartoffelsalat aus der Kühlvitrine neben dem Thekenfenster (man konnte zwischen zwei Sorten wählen, dem Süddeutschen mit Essig und Lauch und dem Berliner mit Mayonnaise und Gurken), und zapfte Senf aus einem Eimer neben dem Grill. Die Kunden zogen sich mit ihrer Mahlzeit an die beiden weißen Plastiktische zurück, die schräg hinter dem Heck des Wagens an der Brandmauer standen. Ein paar Sperlinge mit löchrigem Gefieder hüpften ihnen nach. Die Sperlinge waren alle krank geworden in diesem Jahr. Schon las man von Befürchtungen, dieser unverwüstliche, nicht wegzudenkende Kulturfolger könnte aus Deutschlands Städten verschwinden. Bernd war wieder mit dem Buddha allein.

»Nun willst du dich also schleichen.«

»Ich muss ja.«

Der Buddha nickte und nippte. »Wenn ich dich frage, wohin, dann meine ich das, wie du weißt, spirituell. Ob du einen Weg wählst, der dich zum Licht führen kann.«

Keine Ahnung, hätte Bernd beinahe gesagt, davon verstehe ich nichts. Doch er schwieg; es schien ihm nicht angemessen, in diesem Moment zu poltern. Die Wege des Buddhas, dachte er. Als er ihn am Grill vertrat, stand die Bude noch am Monbijoupark. Dann wurde ihm dort die Pacht gekündigt, der Buddha zog den Wagen drei Kilometer nach Nordosten, ins Bötzowviertel, und wenn man ihn, was nun nicht mehr lange dauern konnte, auch hier aus der Lücke trieb, um ihn durch eine pastellene Fassade oder ein paar Tischtennisplatten zu ersetzen, würde er wohl nach Pankow oder in den Wedding weiterziehen. Der Buddha hatte mit solchen Wechseln keine Schwierigkeiten. Übrigens, sagte er jetzt, das habe Bernd bestimmt noch nicht gewusst, er, der Buddha, sei ja in Pankow geboren. In der Breiten Straße. Als Kleinkind mit den Eltern geflohen, als die Russen kamen. Und nun eben Schritt für Schritt auf dem Rückweg. So konnte man das auch sehen.

Er hatte zwei Bouletten für Bernd auf eine Pappschale geschoben und stellte ihm noch eine Pappschale daneben, mit den beiden Sorten Kartoffelsalat. Er goss ihm auch Wein nach.

»Stopp, stopp. Ich hab ja heute noch.«

Bernd beendete den Satz nicht. Er wollte nicht mehr viel reden, er war nur hergekommen, um sich kurz verabschieden, von einem der wenigen Menschen, die für sein Leben hier eine Bedeutung gehabt hatten. Vielleicht wäre es besser gewesen, sich nicht zu verabschieden. Vielleicht führte schon der Wunsch, sich zu verabschieden, in die Sentimentalitätsfalle. Andererseits hatte er noch ein paar Stunden herumzubringen, und zwei Bouletten waren nicht zu verachten.

»Hör zu«, sagte der Dicke mit wichtiger Miene, »du musst weit weg. So weit, bis nichts, absolut nichts mehr in dir noch weiterdrängt. Erst dann kannst du anhalten, vorher nicht.«

»Ich werde dem Buddhismus des Holzwegs folgen.«

»Oder du bleibst einfach auf dem Pfad der dummen Sprüche.«

»Auch eine Idee.« Bernd lächelte zu diesen Worten, den Blick auf die Gabel in seiner Hand gesenkt. Und er hielt die Augen niedergeschlagen, blieb auf sein Essen zurückgezogen, während der Buddha neue Kunden begrüßte und versorgte; zerteilte bedächtig die Bouletten, strich mit der Messerspitze Senf auf die Happen, schob Kartoffeln dazu, griff manchmal zur Schrippe, zum Weinglas, trank den Rest aus der Wasserflasche und würde erst wieder aufblicken, wenn er die beiden Pappschalen leer gemacht hätte. So nahm er nicht wahr, wie der Buddha seine Brille beiseite legte, durchatmete und sich mit einem Ruck über die Theke streckte. Und groß war sein Schreck, als der Dicke ihn am Kragen packte und ihn zu sich heranzog. Eine der Schalen vom Stehtisch gewischt, Bernds linkes Handgelenk in Senf, zum Glück hatte er das Hemd bis über die Ellenbogen aufgekrempelt. Der Buddha umhalste ihn heftig, roch nach Grill und Wein und nach einem Wässerchen, das er sich um den Schnurrbart getupft hatte, und presste ihm sogar links und rechts einen Kuss auf die Wangen.

»Lass das«, keuchte Bernd.

»Zisch ab«, sagte der Buddha und stieß ihn mit beiden Händen von sich.

Auf der Theke stand die Flasche Obstler, die Bernd mit auf den Weg in die nächste Inkarnation bekommen sollte. Dem Impuls, sie zu verschmähen, gab er nicht nach, obwohl er vor Wut und Ekel fast würgte. Er packte die Flasche und hastete weg von dem Wagen.

Er war blindlings auf die Straße Am Friedrichshain gerannt, setzte einem BMW, der bremste und hupte, schreiend einige Meter nach, *Arschloch! Arschloch!,* sprang dann nach links von der Fahrbahn, bog in den Volkspark ein. Immer noch im Laufschritt überquerte er Flanierwege und Liegewiesen, versuchte all die halb nackten Freizeitler zu ignorieren, mit ihren Büchern und Tüchern, ihren Kopfhörern und Kleinkindern, ihren Frisbees und Bongos, all die Frauen oben ohne, all die blanken Milchdrüsen, nicht hinkucken, gar nicht erst hinkucken! Und noch immer glaubte er in seinem Rücken den feuchten Blick des Buddhas zu spüren. Der Grapschbuddha hinter der Theke, wie er ihm nachgestarrt haben musste, das Kinn gehoben, der Bauch wie eine riesige Boulette, die Hände auf dem Mandala, die bräunliche Brille zurück im Gesicht, Stirn gekräuselt, Lippen geschürzt, während sich vor dem Wagen abgewickelte DDR-Bürger duckten. Auch die gewölbte Molly mit ihrem Fahrrad sah er wieder vor sich.

Der Buddha war kein Einzelgänger. Im Gegenteil, er reproduzierte sich hemmungslos. Und all die Jahre hindurch hatte Bernd sich von ihm täuschen lassen. Im Krisenmöller-Heftchen gab es keine Molly. Der wirkliche Buddha aber, der brauchte das Kuschelige. Den hinderte sein Wanst auch nicht daran, noch eine Mandeläugige zu schwängern, halb so alt wie er selbst. Der war ein Teil der Lüge. Und jetzt, wo er sah, dass Bernd den Kreis der Lüge sprengte, dass er sich entziehen würde, uneinholbar, da ließ er seine Maske fallen, wurde klebrig und zudringlich, suchte seinem Opfer durch einen Übergriff im letzten Moment noch so viel Lebenssaft wie möglich zu entsaugen. Und vielleicht war Molly in der Zeit schon mal einen Kinderwagen aussuchen.

Das Leben geht weiter.

Ach ja?

Nicht mit Bernd Hohlfeldt.

Er stand schwindelig am Zaun des krummhölzernen Spielplatzes am Fuß des Großen Bunkerbergs. Verfluchte Scheiße. Er musste sich kurz sinken lassen, gegen den Zaun gelehnt. Ein Hund, der ihm von der Wiese kläffend hinterhergesprungen war, lauerte noch einen Moment mit aufgestellten Ohren, bevor er den Pfiffen seiner entblößten Herrin nachgab.

Bernd arbeitete sich den bewaldeten Hang hinauf, langsam, immer schräg zum Kiesweg, der sich um den Hügel wand. An der Ostflanke, auf halber Höhe, wusste er sein Fleckchen: eine Art Kuhle, mit altem Laub gepolstert, im Schatten zweier Ebereschen.

Das verschwitzte weiße Hemd, seine Garderobe für die Abfahrt. Selbst in so einem staubtrockenen Blätterhaufen würde es wahrscheinlich schmutzig werden. Er zögerte.

Die Kuhle war vom Weg aus nicht einsehbar. Er streifte das Hemd ab, warf es über einen Strauch. Und wenn jetzt ein Vogel draufkackte? Dann wollte das Schicksal es nicht anders. Vielleicht kackte ihm auch einer in die Schuhe, die er ebenfalls ausgezogen hatte. Sein Karma. Er lag auf dem Rücken, die Beine angewinkelt, die Flasche neben sich im Laub. Kein Windhauch. Aus den Zweigen drang nur vereinzelt ein kurzes, träges Gezwitscher, die Vögel schienen den Sommer satt zu haben. Sein Puls ging ruhiger.

Warum war er so wütend auf den Dicken geworden? Er selbst hatte doch das Stichwort Abschied ins Spiel gebracht. Der Buddha hatte, dadurch angespornt, einen Moment der finalen Verbrüderung schaffen wollen. Und Bernd, den solche Gemütsduselei und solch schlabbernde Körperlichkeit doppelt anekelte, war nicht auf der Hut gewesen. Aber kein Grund, jetzt durchzuknallen und sich den entzauberten Klops zu einem Dämon aufzublasen. Mit dem Buddha war er fertig, und es war gut. Schon der Einstieg, *Manis crassicaudata: Manis*, das klang doch nach *Händen. Touchy.* Schlüpfrig. Bernd hatte die Attacke selbst provoziert. Bei dem Gedanken schüttelte es ihn noch einmal. Wirklich Zeit, mit all dem abzuschließen. Nichts wie runter vom Holzweg, brennt ja wie Zunder.

Über ihm die müden Vögel. Das leise Rascheln der Baumkronen, gedämpftes Brabbeln und Plärren vom Spazierweg, fernes Gebell von den Wiesen. Und Bernd Hohlfeldt hier verborgen. Sein käsiger Rumpf auf toten Blättern. Er spürte, wie sich trotz der Hitze seine Hodenhaut zusammenzog. Ein Anflug des Verlangens. Ausgerechnet. Seine kleinen, zugewucherten Brustwarzen hatten sich verhärtet. Sex mit vierzig, dachte er grimmig, sah sich schon handgreiflich werden, der unsichtbare Masturbator vom Bunkerberg, zehn Meter Luftlinie von Ihren Lieben entfernt. Und damit war das Bild grell und widerlich genug, um die unwillkommenen Regungen zu ersticken. Er lag entspannt, knipste Schritt für Schritt alles aus, was in seinem Kopf noch flimmerte, als Erstes alle Zahlen, und schlief ein.

Es war fast vier Uhr nachmittags, als er auf sein Lager pisste und noch die andere Visite abhaken ging, die er sich für den letzten Tag auferlegt hatte. Die Reste der edition rotschwarz, in ein Parterre in der Greifswalder Straße gepfercht. Ein einziger, nicht besonders großer Raum, voll gestopft mit Papier, in der Mitte zwei Schreibtische, die Monitore Rücken an Rücken. Saurer Mief hing zwischen den Wänden, dagegen half kein Lüften und auch nicht, dass die Tapete entfernt und Naturfaser verlegt worden war. Die Ursache musste irgendwo in der Tiefe der Bausubstanz liegen.

Sie waren nur noch zu zweit: Pampa und Baku. Natürlich hatten sie diese Hausbesetzernamen längst wieder abgelegt, aber Bernd sah keinen Grund, ihnen bei ihrem Rückzug auf das, was in ihren Pässen stand, zu folgen. Pampa kauerte im Fenster und rauchte, Baku saß am Schreibtisch, stocherte mit einem Schraubenzieher im Gehäuse eines alten Weltempfängers herum. Beide sahen schlecht aus. Mit seinen eingefallenen Stoppelwangen hätte Baku aus einem Geiselnehmervideo ausgeschnitten sein können, und Pampas Wandel von der glühenden Wortführerin beim Hausplenum zur Märtyrerin mit aschfarbenem Antlitz schien weitgehend abgeschlossen. »Ciaooo«, rief sie mit langem o und wedelte kraftlos mit ihrer Zigarettenhand, »Seltener Besuch«, sagte Baku, »Wird nicht wieder vorkommen«, sagte Bernd. Über Bakus Monitor schlurften als Bildschirmschoner einige Gestalten aus dem rotschwarz-Programm, Figuren, die wie Exkremente aussahen. Bernd ließ sich auf einem Stapel alter Fanzines nieder. Vor dem Fenster, in dem Pampa saß, knirschte ohrenbetäubend die Tram.

»Käffchen?«, fragte Baku, als der Verkehrslärm für einen Moment nachließ. An der Rückwand des Raums röchelte eine Espressokanne auf einem Campingherd. Ein Käffchen war jetzt nicht schlecht, nach dem Wein und der Siesta.

»Und, wie weit bist du?«

»Fertig«, sagte Bernd.

Baku runzelte die Stirn. »Ich seh gar nichts.«

»Gibt auch nichts zu sehen.«

»Aha.« Er leerte seinen Kaffee in einem Zug und griff wieder zu dem aufgeschraubten Radio.

»Ich wollte nur Bescheid sagen, dass ihr kein schlechtes Gewissen mehr zu haben braucht. Mit dem Haus ist Schluss.«

»Die haben dich rausge-«, heulte Pampa nach einer Schrecksekunde auf und stockte, weil ihr kein Verb von hinreichender Härte einfiel.

»Haben sie es also geschafft.« Baku klang gelangweilt.

Pampa hatte ihre Zigarette hinausgeworfen. »Du kannst bei uns wohnen.« Sie blieb dicht vor Bernd stehen, ihr Kleid sah aus wie ein abgetragenes graues Nachthemd. Er versuchte an ihr vorbeizublicken.

»Nee, nee.«

»Aber was machst du denn jetzt?«

»Ich löse mich in Luft auf.«

»Red keine Scheiße.«

Er ließ seinen Blick an Pampa vorbei durch den Raum schweifen.

»Ich könnte euch hier noch mein Archiv dazukippen. Dann wäre es genug Papier, um euch zu begraben, dann nagelt man die Tür zu, und alles ist gut.«

»Ist wohl nicht die erste Pulle heute bei dir.« Baku hatte die Flasche neben Bernd auf dem Boden entdeckt. »Na ja, kein Wunder. Aber jetzt mal kurz wie unter Nüchternen: Du bist mit den *Letzten Versuchen* noch nicht fertig, du bist da oben endlich rausgeflogen. Also kommst du fürs Erste mit zu uns, du malst mir die Geschichte in zwei Wochen so zurecht, dass ich 64 Seiten schwarz-weiß daraus machen kann, meinetwegen als erste Folge, und du suchst dir in der Zeit was Neues. Okay?«

»Genau, Bernd, so machen wir das«, bekräftigte Pampa: »Und sei nicht bockig, ich meine, es ist völlig klar, dass du jetzt, in dieser Situation –«

»– ein bisschen aus dem Häuschen bist,« ergänzte Bernd für sie. Er hatte ein paar Scheine aus der Hosentasche gezogen. »Hier, das ist für euch. Kleine Spende. Ihr könnt es ja brauchen. Habt ja auch viel für mich getan. Ich will euch was zurückgeben.«

Hinten, neben dem Campingkocher, war das Faxgerät angesprungen und blieb unbeachtet. Bakus Stimme nahm einen metallischen Klang an: Ob Bernd einen an der Waffel habe, und er reiße sich jetzt besser mal zusammen.

»Gut«, sagte Bernd. »Und wenn ich bei euch wohne, kommt Pampa dann auch wieder nackig zu mir ins Zimmer?«

Ein Aufschrei aus dem grauen Nachthemd: »Spinnst du?«

»Dann wäre es wie früher.«

Alte Geschichten. Ganz am Anfang, im ersten Sommer im Hinterhaus, war sie tatsächlich ein paar Mal zu ihm hochgestiegen, eine Decke um die Schultern geschlungen, die sie, wenn er ihr geöffnet hatte, mit einem stummen Lächeln fallen ließ und unter der sie nichts trug. Sie und Baku waren schon damals ein Paar gewesen, was sie zwar nicht eng sahen, aber auch nicht so locker, dass Pampa diese Schwäche für den bleichen Eigenbrötler aus dem vierten Stock ausgeplaudert hätte. Bernd war, wenn sie bei ihm ankam, ebenso stumm geblieben wie sie, hatte mit unbewegter

Miene geschehen lassen, dass sie ihn bei der Hand nahm, ihn auf seine Matratze zog und etwas zu fahrig, zu viel nach vorne ziehend und zu wenig nach hinten schiebend, seinen Schwanz anfasste, ihn dann in den Mund nahm und, wenn sie ihn so weit hatte, leise schnurrend über ihn kroch und ihre Brüste, auf denen einzelne verknickte Haare sprossen, ihm vor den Augen zitterten. Ihn ärgerte sein Ächzen beim Orgasmus, dieser kurze, tierische Laut, den er im Moment, da es ihm kam, nicht zu unterdrücken vermochte. Am Ende der Szene nahm sie sofort ihre Decke und enteilte, ließ ihn mit ihrem Geruch und den feuchten Flecken auf dem Laken allein. Anders wäre es auch nicht gegangen. Er lebte ja zurückgezogen, duldete keine Eindringlinge, doch für so unverbindlich pornografischen Besuch konnte er eine Ausnahme machen.

Es hatte nicht mehr als drei, vier dieser Begegnungen gegeben, sie waren dreizehn Jahre her, Pampa war jedes Mal bedröhnt gewesen. Er hatte ewig nicht daran zurückgedacht und sich erst recht nicht vorgenommen, jetzt davon anzufangen. Etwas hatte ihn hingerissen. Vielleicht der Abscheu vor dem, was aus Pampa und Baku geworden war. Vielleicht auch ein Nachhall seiner Regungen vorhin am Bunkerberg.

Die Konsequenzen waren sehenswert. In Pampas Augen standen Tränen, »du bist ein Ekel«, stieß sie hervor, »kommst du eigentlich nur hierher, um alles kaputtzutrampeln?«

»Wir könnten auch jetzt und hier nochmal«, hörte er sich erwidern, »zum Abschied. Vielleicht würdest du dann nicht mehr so suizidal aus deiner Büßerwäsche gucken.«

»Es reicht jetzt, ja?«, fuhr Baku ihn an. Er hatte rote Flecken im Gesicht, schien kurz davor, auf Bernd loszugehen. Und Bernd spürte ein fast wollüstiges Kribbeln, eine Art Sehnsucht danach, dass dieser Baku, sein Verleger, der aussah wie ein geschwächter Erlebnisurlauber in der Hand von Islamisten, sich wirklich auf ihn stürzte, sich mit ihm prügeln wollte.

»Verpiss dich, ja?«, brüllte die Geisel ihm ins Gesicht, kam ihm aber nur unwesentlich näher.

»Untote seid ihr«, schnappte Bernd zurück: »Ihr vegetiert hier in einer Zombiwelt und könnt es nur nicht ertragen, dass euch das mal jemand sagt!«

»Und du – du Psycho? Kommst hier rein und tickst aus. Und was dann? Wirst du jetzt zum Penner, oder gehst du noch schnell irgendeine Scheiße bauen und landest dafür im Knast? Das sind ja super Perspektiven bei dir, Bernd, wirklich toll!«

»Ja, Bernd«, fiel Pampa ein, die sich wieder halbwegs gefangen hatte, »erklär doch mal, was ist dein Plan? Dass wir scheiße sind, hast du uns gesagt, aber wo gehst du jetzt hin? Wo?«

»Ich gehe zu diesem Arschloch mit der Leichenausstellung und sage ihm, er soll euch plastinieren. So wie ihr seid.«

Er hatte seine Flasche aufgegriffen und legte Wert darauf, den Raum ohne Hast zu verlassen.

Draußen hob er den Blick zum haltlosen Berliner Sommerhimmel, den zu vermissen auch kein Grund bestehen würde, und sah ein paar Stare fliegen. Wohl noch nicht zur Museumsinsel, wo sie sich abends zu Tausenden oder Zigtausenden in den Kastanien hinter dem Dom versammelten und, bekannt für ihre Neigung, ihr normalerweise halbwegs obszönes Pfeifen den Geräuschen ihrer Umgebung anzuverwandeln, vor allem Mobiltelefone imitierten. Vögel, die mit der Zeit zu gehen schienen, erfolgreicher als die angefressenen Sperlinge. Wenn auf einen Schlag alle Mobilfunknetze zusammenbrächen, alle Handys verstummten, die Stare aber immer noch Klingeltöne ausstießen – das wäre ein erhabener

Moment. Solange dieser Moment nicht eintrat, hatte Bernd für die Stare wenig übrig. Sein Auftritt eben bei Pampa und Baku? Es war nicht nötig, darüber nachzudenken. An diesem Tag hatte er allemal genug Zeit mit überflüssiger Selbstbefragung verbracht. Er krempelte die Ärmel seines Hemds noch einmal neu hoch und betrat den Laden der Tankstelle unten an der Prenzlauer Allee.

Bald halb sechs. Der mit dem Fall Hohlfeldt beauftragte Gerichtsvollzieher hatte sich gewiss längst ins Wochenende begeben. Feierabend gemacht hatten auch die Handwerker, der Innenhof mit all dem Baugerät und Gerümpel lag erstarrt unter der Heizdecke, das versehrte Treppenhaus war ebenso leer.

Bernd Hohlfeldt lehnte im Türrahmen seiner Wohnung, neben sich sein Gepäck: die Kamera, ein bisschen Wäsche und Proviant, der Obstler. Er blickte in sein Werk. Es breitete sich über den Küchenboden aus, fraß an den hingeworfenen Handtüchern, warf erste Zungen an der Anrichte empor, die Wandleisten knackten. Aus dem Zeichenzimmer drang dunkler Qualm, das Archiv stob in schwarzen Flocken auf, auch gut hundertfünfzig Seiten dessen, was sicher nicht *Letzte Versuche* geheißen hätte. Nur einen kleinen Stoß Blätter hatte er Augenblicke zuvor – den Kanister schon ausgeleert, das Zündholz schon angesteckt – noch schnell gerettet und einen Anflug von Panik gespürt, als dann hinter ihm die Hitzewand hochschlug.

Reflexe in Ordnung. Hoch soll er leben.

Die Resopalplatte unter dem Küchenfenster begann eitrige Blasen zu werfen, aus der Verkleidung der Duschzelle wölbten sich Beulen in Tennisballgröße. Der Gestank des Feuers wurde schärfer. Bernd stand weiter reglos, einen Fuß über den anderen geschoben, ignorierte das Stechen in seinem Hals und in seiner Lunge, unterdrückte den Brechreiz. Jetzt Luft anhalten, Augen zu, kleiner Anschwung im Türrahmen, und hinein.

Doch das war nicht sein Weg. Er trat zwei Schritte zurück, konnte zumindest den Husten nicht mehr verhindern. Auf Wangen und Nase spannte sich schmerzhaft seine Haut, von den Augenbrauen schien nicht viel übrig.

Zwar hatte er in der Wohnung die Fenster geschlossen, doch das Fenster auf dem Treppenabsatz war ohne Scheibe; hier lag die geriffelte Schuttröhre der Knechte an. Verräterisch quoll der Qualm nach draußen. Jeden Moment konnte jetzt auf der Straße jemand Alarm schlagen. Bernd ertastete seinen Koffer und zwang seine tränenden Augen zu einem letzten Blick in die Flammen. Sie schienen die Küche fast auszufüllen. Dahinter ein lautes Prasseln und Knacken, vielleicht brachen die Regale ein. Und mustergültig gierig leckte es aus dem Türrahmen hervor.

Die rote und die schwarze Null

»Czarnik«, stammelte es aus dem Radio, und Malte konnte sich ein Auflachen nicht verkneifen. Sofort fuhr ihm ein wütender Schmerz unter den Brustkorb, ein Gefühl, als würde in seinem Oberbauch etwas aufbrechen. Er lag starr, beide Hände gegen die Stelle gepresst. Vielleicht rief er besser einen Notarzt, vielleicht hatte Sinan der Barbar ihm gefährliche innere Verletzungen zugefügt. Einen Milzriss? Doch nachdem er sich ein paar sehr flache Atemzüge lang nicht gerührt hatte, ließ der Schmerz wieder nach. Nein, keinen Arzt. Abwarten und keine falsche Bewegung.

Die Glückskinder der Woche waren gefunden. Juli. Seine Juli, seine Wirklichkeit. Unterwegs mit Schwester Elke, die ihn nicht mochte. Ihr Telefon die ganze Zeit ausgeschaltet. Und nun das, der Partybus schlug zu. Warum hatte sie auch den elenden Aufkleber nicht wieder abgemacht? Natürlich hätte er ihn selbst entfernen sollen. Aber wann denn? Soweit er sich erinnerte, hatte er ihr Auto seit dem Bekleben gar nicht mehr zu Gesicht bekommen. Oder?

Two hearts, believing in just one mind, beating together till the end of time …

Viel schlimmer konnte ein Milzriss auch nicht sein. Malte überbrückte, indem er ihr eine Handynachricht schrieb. *Ich war ein Idiot und ich möchte dich heiraten.* Den Satz löschte er dann doch wieder, so etwas teilte man nicht per SMS mit. Die großen Anliegen des Herzens auf dem Niveau eines Klingeltons; indiskutabel. Es folgte der *Ketchup Song.*

Hatte einer der Moderatoren geschoben, geschubst, oder war es ein eigener Affekt, der Juli dazu bewegte, tatsächlich in den Übertragungswagen zu steigen? Elke stolperte hinterher, was blieb ihr anderes übrig. Der Tonmann saß im Halbdunkel, hatte eine Frisur wie Franz Müntefering, und seinem Pult stand ein kleiner Kühlschrank gegenüber. Der Moderator mit der Glatze jubelte in sein Mikrofon: »Ja, liebe Flip-Hörer, nun sind sie endlich bei uns, unsere Glückskinder der Woche, unsere Stars heute Nacht, es sind zwei reizende junge Damen, und jetzt fährt die Party los, jetzt geht der Bus ab, Radio Flip auf sechsundneunzigkomma …«

I'm walking on sunshine, woah-oh …

Sein Kollege hatte Elke und Juli auf eine Sitzbank im Heck gefuchtelt und legte ihnen auch die Gurte an, zumindest Elke; »Finger weg«, zischte Juli, er sagte Vorschrift, sie schloss ihren Gurt selbst. Der mit der Glatze hob, »Simsalabim«, zwei Cocktails aus dem Kühlschrank, in den Farben des Programms, der eine knallrot mit Ananasspalte am Glasrand, der andere dottergelb mit aufgeschlitzter Erdbeere, und rührte sie noch einmal durch. Langsam rollte der Bus die Seegasse hinunter, um dann rechts abzubiegen.

»Wir trinken das nicht«, sagte Juli.

Elke fand, dass die Cocktails gerade das geringste Problem waren. Gerne hätte sie jetzt im Kopf nur grauen Nebel gehabt, aber wo solcher Nebel einmal willkommen wäre, da ließ er sich natürlich nicht blicken, Elkes Kopf war unangenehm klar. Wenn man schon bei Radio Flip saß, konnte man auch die Getränke von Radio Flip akzeptieren. Bloß: Warum saß man hier? War dies ihr Lohn dafür, dass sie vorhin von der Trattoriaterrasse doch nicht frühzeitig abgerauscht war? Oder eine besonders hämische Antwort auf ihren Drang nach einem neuen Aufbruch? Egal an welchen Ort dieser Bus sie brachte, fest stand, dass sie nicht dorthin passen würde, schon gar nicht heute. Wann anders hätte so ein Überfall-Ausflug vielleicht sogar lustig werden können. Früher. Heute aber würde nur ihre Wut sinnlos weiter schwelen und schwellen, sie würde sich mit jedem Kilometer, den der Bus zurücklegte, verschaukelter fühlen und sich, sobald man wo auch immer ankam, wieder aus dem Staub machen. Der Abend war gelaufen, ein beschissener Tag hörte noch beschissener auf. Alle nagenden Fragen unbeantwortet, alle inneren Stimmen in gehässiger Bereitschaft, und Frau Czarniks Urlaub begann im Dudelfunk.

Und Juli?

Schien es besser hinzukriegen mit dem Ausklinken, saß halb abgewandt, fixierte einen Wust von Kabelschlaufen, der unter dem Pult des Tonmanns baumelte. Elke hielt schon seit einiger Zeit beide Gläser, die Gastgeber hatten Julis schroffes Nein überhört. Ein Kanaldeckel unterm Reifen, und schon schwappte es über Elkes Finger. Notgedrungen sog sie am Strohhalm, ein Schluck aus dem linken Glas, ein Schluck aus dem rechten. Im Geschmack kein großer Unterschied, Kaugummi, sie konnte nicht einmal sagen, ob Alkohol drin war. Es gab Schlimmeres. »Cheeeeese«, machte eine der Moderatorenstimmen, Elke bekam den Blitz in die Augen, gleich noch einmal, für die Flip-Homepage. Zehn Sekunden bis zum Ende des Musikblocks, signalisierte der Tonmann.

Mit einem Ruck richtete Juli sich auf: »Kann ich was sagen?«

Gänsehaut überzog Maltes nackten Körper von den Schultern bis auf die Oberschenkel. Endlich ihre Stimme. Über den Äther. Er schob seinen Kopf vorsichtig noch ein bisschen höher aufs Kissen. Sie sprach gehetzt, dabei immer noch in ihrer überartikulierenden Weise, als ginge es um den

Satz zu Risiken und Nebenwirkungen in einer Medikamentenwerbung.

»Hallo, ich bin ein Glückskind der Woche. Und ich möchte was sagen zu dem, der eigentlich an meiner Stelle hier sein sollte. Zu dem Witzbold, dem ich den Partybus-Aufkleber an meinem Auto verdanke. Zu dir, Malte. Und zwar –«

Ihre Stimme zitterte, sie setzte aus. Er glaubte das leise Klicken ihrer Zunge beim zu hastigen Luftholen zu hören. Nicht zu fassen, dass sie sich wirklich an ihn wandte, ihn anredete. Auf diesem Weg. *Zu dir, Malte.* Sein Herz raste. Die Atempause vor dem Urteilsspruch, dachte er, der bange, ewige Augenblick, bevor die Schicksalsfee ihren Umschlag aufreißt.

»Es kommt mir so lächerlich konsequent vor, dass ich jetzt in diesem Bus sitze. Weißt du, warum? Weil es sich genauso anfühlt wie alles, was du machst. Ich meine alles, was du mit mir machst, alles, was ich von dir habe. Genauso daneben und mit genauso großer Geste. Nur eben unverblümt, das ist der Unterschied. Keine Lügen, keine Spielchen, keine leeren Versprechen, nein, ganz offen, ganz einfach: Komm rein und ab geht die Zumutung. Klar bist du hier falsch, Juli, das ist hier überhaupt nichts für dich, aber siehst du, du fährst ja trotzdem mit. Das ist die Situation. Meine Situation mit dir, Malte.«

Stimmt nicht, schrie es in Malte auf, du weißt nicht, und er krümmte sich unter der Qual, ihr nicht erwidern zu können. Dazu der Schmerz, der in seinem Oberbauch bohrte. »Scheiße, Erbarmen.«

»Und was tut man, wenn man in dieser Deutlichkeit vorgeführt kriegt, dass man im falschen Bus sitzt? Man steigt bei der nächsten Gelegenheit aus, nicht wahr? Genau das mache ich. Ich bin nicht mehr dabei, Malte. Es ist Schluss, ganz platt gesagt. Und ich meine es ernst. Sehr unwahrscheinlich, dass du mich jetzt hörst, du findest ja, dass dieser Sender einen in den Selbstmord treibt. Aber wenn ich schon hier sitze, dann ziehen wir die Farce auch vollständig durch. Und ich sage es dir gerne auch nochmal privat, falls du es jetzt verpasst. Ich bin raus! Es ist Schluss! Ach so, und wär ja schade, wenn ich jetzt den peinlichsten Teil vergäße: Du kannst dich ja mit deiner kleinen Mätresse –«

In diesem Moment mussten sie ihr das Mikrofon abgedreht haben.

Spinnt die jetzt komplett, wollte Malte denken, doch es gelang ihm nicht. Eine Art Schwindel hatte ihn erfasst, riss ihn mit sich, zuckend, panisch. Er brachte ein paar halb erstickte Laute hervor, wälzte sich auf die Seite, und schluchzte ohne Halt ins Laken. Rotz und Wasser. Abscheulich.

Er hasste es zu weinen. Tränen waren ein Totschlagargument, ein Plattmacher, sie überschwemmten alle Wahrnehmungen, alle Gefühle. Tränen hießen, dass jeder Austausch endete – das Gehirn schaltete ab, ein dumpfer, diktatorischer Reflex übernahm. Maltes Grauen vor diesem Zustand reichte tief in seine Kindheit zurück, als hilfloser Sohn einer ewig heulenden Mutter. Juli weinte fast nie, auch das liebte er an ihr. Und hier lag er wie ein nasses Tuch, das ausgewrungen wurde. Selbst als sich sein Gehirn nach einer Weile wieder zuschaltete, hörten die Tränen nicht auf, nur dass nun zugleich die Gedanken hämmerten. Es konnte doch nicht sein, nicht jetzt, wo er gerade, und wie ungerecht sie urteilte, er war nicht so, es waren doch ihre eigenen scheiß Probleme, mit denen sie nicht fertig wurde und die sie jetzt auf ihn verlagerte, er tat doch, was er konnte, riss sich seit Monaten für ihre gemeinsame Sache den Arsch auf, nein, nicht den Arsch, das war eine Formulierung, die nur selbstgerechte Widerlinge benutzten, aber er tat alles, alles, er hätte es geschafft, sie zu retten, sie beide zu retten, ganz sicher, eine erzbescheuerte

Kurzschlusshandlung von ihr, sie hatte ihm die Schuld für den Bus gegeben und sich hinreißen lassen, ein Mikro in der Hand, und wer weiß, ob so ein Amokmoment, so ein hysterischer Ausbruch überhaupt eine Gültigkeit hat, ob nicht Alkohol im Spiel, ob nicht morgen dann – aber nein. Keine Hoffnung. Wenn sie, egal in welchem Zustand, so weit ging, ihn über Radio Flip abzumelden, dann war das im System der Juli Einhorn etwas Unumkehrbares, erst recht mitten aus dieser Phase des Sich-Verkriechens, des Schrumpfens, der Selbstverachtung heraus, nein, es wäre ihr gar nicht möglich, hinter die Entscheidung wieder zurückzutreten. Sie hatte alles zerstört, das war ihr Entschluss. Das Ende. Bodenlos.

Whenever, wherever, we're meant to be together, I'll be there and you'll be near, and that's the deal my dear …

Shakiras Gesang wurde ausgeblendet. Noch einmal Juli? Natürlich nicht. Stattdessen eine Jingle-Stimme, die sagte, es sei Mitternacht. *Ja, Mitternacht, und das Hoch Michaela feiert mit uns weiter, wir haben immer noch fette 25 Grad.* So ähnlich knatterte es aus einem der Moderatoren im Bus hervor und ging in den nächsten Fetenknüller über.

Endlich versiegten die Tränen, eine Art Lähmung folgte. Malte fühlte sich entseelt. Im Moment zeugte nur der Schmerz in seiner Brust davon, dass er der Welt noch angehörte.

Der achte Achte war vorbei. Und nicht nur der.

Er schrak auf, als wieder eine Moderatorenstimme sich meldete. Sie sprach von zwei Glückskindern. Dann sprach sie mit zwei Glückskindern. Doch es waren nicht mehr Juli und Elke, sondern zwei Neue, anscheinend vom Band. Als hätte sich die letzte halbe Stunde des Programms nie ereignet. *Versendet sich,* sagte man ja wohl in dem Milieu. Malte riss das Kabel aus der Steckdose und fand neben dem Bett eine Packung Taschentücher.

Er schlief für eine halbe Stunde ein und träumte tröstlich,

trügerisch. Von Josephine, der schwarzen Athletin aus seinem Seminar. Es war einer der Träume, in denen er sich allen konkreten Lebensumständen enthoben wähnte, alters- und ortlos, eine Art sehnsüchtiger Essenz seiner selbst, der pure Friedenswunsch. Und Josephine trat als die zweite Seele auf, die mit der Seinen im zärtlichen Gleichklang pulsierte und Erfüllung versprach. In dieser Szenerie gab es keine eindeutige Körperlichkeit, zumindest keine sexuelle. Dafür das unendlich beruhigende Heimatgefühl einer festen, andauernden Umarmung.

Die Sorte Traum, aus der man lächelnd erwachte und dann mit einem Schrei die Welt abschaffen wollte.

Josephine. Welche Heimtücke seines Unbewussten.

Was als nächstes Maltes Starre durchdrang, war der Impuls, Chrissie anzurufen. Ihr zumindest eine Botschaft zu schicken. Da war doch nichts verloren, jedenfalls nicht, wenn er sofort handelte, ihr am besten die ganze Wahrheit sagte. Auch über Sinans Attacke. Aber diese Gedanken verhallten, ohne dass er sich rührte. Christine Kürner schien ihm wie ein sehr schwaches Gegenmittel, der Schwere seines Falles nicht gewachsen. Er lag reglos und zerstört, bis es an der Haustür klingelte.

Juli?

Oder die beiden Schläger, nach ein paar Bieren zurück, weil die Finger wieder juckten.

Hastig löschte er das Nachttischlicht. Seine Kleider lagen noch im Bad, nur ein paar Boxershorts waren griffbereit. Er zog sie an und hinkte zum Fenster.

Ein heller Ärmel unter dem Rand des Türdachs, mehr war von drinnen nicht zu sehen. Vorsichtig klappte er das Fenster ganz auf und beugte sich hinaus. Es klingelte wieder. Der Mann vor dem Haus hielt einen unwahrscheinlichen, uralten Pappkoffer in der Hand. Von seinem Gesicht sah Malte auch so nur die untere Hälfte. Er fand, dass der Mann verblüffende Ähnlichkeit mit seinem Bruder Bernd hatte.

Was denn das für eine Sauerei sei, was für einen Mega-Hau sie eigentlich hätten. Das Allerletzte. Zwei verkrampfte Spaßbremsen, die hier allen den Abend vermiesen wollten. Zwei frustrierte, eingebildete Schnepfen, die auch noch die Sendung beleidigten und damit jeden einzelnen Hörer von Radio Flip. Raus hier, sofort. Raus, raus, raus.

Dem Fahrer war die Lage nicht gleich klar, offenbar hatte er im Cockpit den Sender nicht laufen. Erst mit einiger Verzögerung schwenkte er auf den schmalen Standstreifen. Die Moderatoren rissen die Schiebetür auf und rempelten Juli und Elke hinaus, Elke ließ ihnen rasch noch die Getränke vor die Füße fallen.

Juli war auf dem Asphalt gestrauchelt, lag halb auf der Fahrbahn, Elke ergriff sie beim Arm und zog sie zur Seite. Kein Wochenende ohne Unfall auf diesem Teil der Bundesstraße. Prompt heizte etwas Schwarzgetöntes, Tiefergelegtes an ihnen vorbei.

Sie standen an der Leitplanke.

»Reife Leistung, Einhörnchen.«

»Reif kam ich mir dabei wirklich nicht vor.«

»Du hast deinem Wikinger gekündigt.«

»Fristlos.«

»Was machen die wohl jetzt mit den Fotos von uns?«

»Drauf abwichsen.«

»Und wir? Eine kleine Nachtwanderung?«

Juli verzog das Gesicht. Zu Fuß dauerte es von hier sicher eine Stunde zurück in die Stadt. Und für die Hälfte des Wegs hatte man keine andere Wahl als an der Schnellstraße entlang.

»Vielleicht hält ja einer an.«

»Für mich hat heute schon einer zu viel angehalten.«

»Ach komm, wir gehen erst mal los.«

Elke setzte sich in Bewegung, doch Juli blieb stehen. Sie hatte ihr Telefon aus der Tasche gezogen, wollte vielleicht ein Taxi rufen.

»Es darf ja nicht wahr sein.«

»Was denn?«

Sie nahm das Handy vom Ohr und blickte es an, als wäre es kaputt. »Alles voller Malte.«

»Oh. Dann hat er vielleicht –«

»Mir egal, was er hat. Okay, lass uns gehen.« Sie hatte es wieder abgeschaltet und weggesteckt und schloss zu Elke auf. Zwei Soundsysteme und ein Motorrad bretterten vorüber. An der Rückseite der Leitplanke zu laufen war unmöglich, Elke hatte es an ein paar Stellen probiert. Überall dichtes Gestrüpp, das auch noch einen Graben verdeckte. Elke glaubte zu spüren, wie ihr der Schweiß in Bächen aus den Achseln rann.

»Dann erzähl jetzt wenigstens mal«, sagte sie.

Der Ankömmling stieg die Treppe hoch. Er schien tatsächlich Bernd zu sein, um einiges in die Breite gegangen. Und etwas an seinem Gesicht kam Malte seltsam vor, ohne dass er gleich sagen konnte, was es war.

»Scheiße.«

»Das ist ja eine freundliche Begrüßung.«

Im Begriff, seine geprellte Schulter gegen den Türrahmen zu lehnen, verlagerte Malte sein Gewicht schnell auf den anderen Fuß.

»Du hättest doch mal anrufen können.«

»Und du hättest dir mal was anziehen können.«

Beim Telefonieren war Bernd immer heikel gewesen. Auch zu Zeiten, als er einen Anschluss hatte, drang man nur mit

Mühe zu ihm durch, sein Apparat war eine Katastrophe und das Kabel noch schlimmer. Kam eine Verbindung zustande, dann unter einem Gewitter von Störgeräuschen, nervenzerfetzendem Brummen und Pfeifen. Klagen darüber parierte er verlässlich mit dem Spruch *Kommunikation muss Aufgabe bleiben.* Vor Jahren hatte Malte ihm zum Geburtstag ein neues Kabel geschickt, doch er hatte es wahrscheinlich nicht einmal ausgepackt. Verglichen mit heute waren das selige Zustände gewesen.

Malte H. am Ende, aufgelöst, verprügelt, vernichtet. Und der Bruder, ohne jede Ankündigung, in der Tür. Mitten in der Nacht.

Juli, zu der er wollte und die er nicht erreichte. Der Bruder, der zu ihm wollte, aber gar nicht versuchte, ihn zu erreichen. Fabelhaft.

Der Bruder. Eigentlich ein Fremder. Ein mäßig verwahrloster, nicht mehr ganz junger Mann mit dünnem, strähnigem Haar, das weiße Hemd dunkel verschmiert. Und er stank wie eben aus dem Fegefeuer entlassen. Malte erkannte nun auch, was an seinem Gesicht nicht stimmte: Er hatte keine Augenbrauen mehr.

»Herzlichen Glückwunsch noch.«

»Hoch soll er leben.«

»Ja, genau.«

»Ziehst du dir jetzt was an?«

»Was hast du gemacht?«

Mit dieser Gegenfrage gab Malte den Türrahmen frei, holte sich ein frisches T-Shirt und ging ins Bad. Als er wieder heraustrat, hatte Bernd sich in einen der Sessel im vorderen Zimmer gesetzt.

»Hier können Sie Ihren Platz reservieren«, sagte er: »Im Büro nicht.«

»Aha?«

»Das stand vorhin im ICE an der Wand. So sehen sie aus, die Parolen des Alltagsdarwinismus, der all die milchgesichtigen Streber unter Strom hält. Einen Moment nicht aufgepasst, und an deiner Stelle grinst ein anderer ebenso verkniffen aus dem Anzug wie eben noch du selbst.«

»Gut zu wissen.«

Nicht dass Malte sich gemeint fühlte. Er würde in seinem Büro nie einen Anzug tragen und nahm an, dies sei Bernd klar. Bahnfahren am Freitagabend, dachte er: Mörderisch.

»Und wieso hast du keine Augenbrauen mehr und riechst, als wäre dein Waggon ausgebrannt?«

»Und wer hat dich geschlagen?«

Malte sank endlich in den zweiten Sessel. »Niemand, den du kennst«, erwiderte er und musste selbst darüber lachen. Obwohl, Lachen konnte man es nicht nennen. Bernd hatte seinen Koffer auf den Schoß genommen und klappte ihn auf. Zog einen kleinen Stapel Zeichnungen heraus.

»Mein Gastgeschenk.«

Malte sah Teile einer Geschichte, in der es offenbar um Robert T-Online ging, den computeranimierten Werbeträger der Telekom. Grinsend und blutrünstig stieg diese Nervensäge aus Hunderten von Plakaten herab, um mit zwei getarnten Terrorwaffen, dem Granatwerfer *ISDN* und der schmutzigen Bombe *DSL*, einen Vernichtungsfeldzug gegen die Menschheit zu starten.

»Soll das die Begründung dafür sein, dass du mir nicht Bescheid gesagt hast?«

»Das habe ich aus Versehen mit eingepackt.« Er riss Malte die oberen Bögen aus der Hand und ließ ihm keine Zeit zu protestieren, hatte sie schon zerknüllt. Malte vertrug solche rabiaten Gesten gerade sehr schlecht. Er versuchte abzurücken, die übrigen Blätter aus Bernds Griffweite zu entfernen.

In diesen Zeichnungen erblickte er ein Gesicht, das wohl sein eigenes sein sollte. Ein junger Immobilienmakler war damit ausgestattet. Der schluckte, um sich für eine Clubnacht anzuheizen, zu viel von einer Droge namens *Pico* und begann heftig aus den Augen zu bluten. Als er sich so im Spiegel sah, hielt er sich für einen Gottesbeweis, dann kam sein Freund dazu, und den hielt er für einen Vampir. Schreiend stürzte er auf ihn los und quetschte ihm beide Augen aus dem Kopf. Malte sank im Sessel zurück. Die Blätter glitten aus seiner Hand.

»Ich dachte, du fändest das lustig. Kannst es dir ja in dein Unizimmer hängen oder so.«

Malte antwortete nicht. Auch Bernd schwieg eine Weile, nahm sich eine Zeitschrift vom Schemel, der zwischen den Sesseln stand, schlug sie wieder zu und starrte auf den dunklen Fernseher. Dann erklärte er, diese *Pico*-Episode sei eine wahre Geschichte, ein Schnipsel aus seinem Archiv. Original sei der Typ ein Werbeheini gewesen, aber das durfte er im Comic natürlich nicht sein, zu sehr Klischee. Deshalb Makler. Zwar auch Klischee, aber egal, den Makler würde man glauben, und das allein zählte.

»Heute Abend hat mich meine – meine Freundin verlassen.«

»Das Therapeutentöchterlein mit jüdischer Großmama?«

Was Bernd sich alles merkte.

»Das ist schade für dich«, fügte er hinzu.

»Ja. Da sagst du was. Also das ist sogar – ich meine – was willst du eigentlich hier?«

Bernd kratzte etwas von der Sessellehne. »Bisschen ausspannen vielleicht. Im bürgerlichen Leben.«

Ausspannen in der Puppenhausstadt. Hahaha. Selbst im Dunkeln hatte er sofort wieder die Beklemmung gespürt, die von dieser gedrängten mittelalterlichen Niedlichkeit ausging. Von all den Türmchen und Erkerchen, den blitzblanken Walmdächern, den Denkmalschutztafeln. Ein Ort, wo die Parole *Es ist Krieg* an einer Hausmauer sich wie ein frommer Wunsch las. Und Malte, der hier aus freien Stücken lebte, seit er zwanzig gewesen war, musste die Enge auch verinnerlicht haben. Längst ein Teil davon geworden sein. Jetzt sah Bernd ihn mehrmals ansetzen, ehe er herausbrachte: »Mir wäre es ehrlich gesagt lieber, du würdest dir eine Pension suchen. Beziehungsweise ich könnte sie dir suchen.«

Bernd schnaubte verächtlich. »Das geht nicht.«

»Warum soll das nicht gehen?«

»Die wollen doch da wahrscheinlich einen Ausweis von mir.«

»Und hast du keinen?«

»Ich musste heute aus meiner Wohnung raus. Und ich dachte mir, ich gehe nicht einfach so.«

Bernd hielt den Blick wieder auf den leeren Fernseher gerichtet. Und in Malte schrillte ein Alarm: *Keine Details!* Wenn er den Großen nicht gleich loswürde und hier, es hörte sich ja danach an, in ein paar Stunden die Bullen auf der Matte stünden, dann wollte er nicht mit drinhängen. Ahnungsloser Gastgeber, der aus allen Wolken fiel. Seine einzige Chance.

»Wie lange warst du denn mit der Juli zusammen?«, fragte Bernd.

Nach einer halben Stunde hatte Juli einem Taxi gewinkt. Ein alter Mercedes mit Kunstledersitzen, auf denen Elkes Schenkel zu jucken begannen, während sie halblaut kicherte. Gerade hatte sie Juli zugetuschelt, dass sie in die nächste Falle getappt seien, das Party-Taxi, *Ich weiß, wer ihr seid, habe alles mit angehört, dann kann es ja losgehen*. Juli lachte ungedämpft, und der Stiernacken am Steuer, der selbst pausenlos ächzte und gegen seinen Funkempfänger tippte, um Durchsagen zum Schweigen zu bringen, wirkte wie ein Garant dafür, dass in dieser Welt nie wieder eine Party gefeiert würde. Elke wunderte sich über die alberne Laune, in die sie geraten war, beim Gang an der Straße, durch die schweißtreibende Nacht, hinter sich Juli, die von Maltes Manövern berichtet und ihre unpraktischen Sandälchen abwechselnd aus- und wieder angezogen hatte. Der Sommer, dachte sie, der Ausnahmezustand. Lange konnte er nicht mehr dauern: Eine Sache von zwei, drei Wochen, vielleicht auch nur von ein paar Tagen, bis das Land wieder von seinem ewigen Herbst eingeholt würde. Und heute Nacht, so kam es ihr vor, war das erste Mal, dass sie diesen Sommer richtig spürte. Sich auf ihn einlassen konnte. Ausgerechnet. Eben auf der Straße hatte sie es gemerkt. Elke Sommer, dachte sie. Und blickte wieder zu Juli, die neben ihr saß, freigelacht für den Moment.

»Bist du eigentlich müde?«

Juli schüttelte den Kopf.

»Und hast du jetzt Hunger?«

»Nerv nicht.«

Sie stiegen an der nördlichen Kreuzung aus, wo ein paar verdorrende Kirschbäume den Blick auf eine Reihenhaussiedlung mildern sollten. Von hier zu Julis Auto war es zwar noch ein Stück, doch in der Altstadt mit ihrem Labyrinth von Einbahnstraßen kam man nur zu Fuß gut voran. Elke hörte aus den Kirschen oder von den Dächern einen Vogel zirpen. Sie kannte sich damit nicht aus, doch ihr schien, es war ein Vogel, den man normalerweise weder nachts noch überhaupt in Städten hörte. Ein Irrläufer. In diesem Moment fiel ihr das Mädchen von heute Nachmittag wieder ein. Das Mädchen mit den bandagierten Armen und der verstört blickende Junge, den es umschlang, beim Tanz im Aufenthaltsraum. »Ich habe vorhin etwas sehr Ekliges gemacht«, begann sie.

Ein paar Ballons an Julis Renault waren geplatzt, die meisten reckten sich noch. Juli warf Elke die Schlüssel zu.

»Was fangen wir jetzt mit unserer wiedergewonnenen Freiheit an?«

»Mit *meinem* Wikinger bleibt die Sache ja noch zu klären.«

»Willst du ihn auch nicht mehr?«

»Ich weiß nicht, Juli. Ich weiß das wirklich nicht.«

»Behalt ihn doch. Er ist lieb und fürsorglich.«

»Ist es das, was du mir rätst?«

»Ich kann heute keinen Rat geben. Bin unzurechnungsfähig.«

»Bis morgen früh hat er Notdienst. So lange sollte ich ihn jedenfalls noch in Ruhe lassen.«

Sie fuhren zu Juli. Der Ballon, der an den Auspuff gebunden war, schwebte auf der Kronenstraße gen Himmel.

»Was wollen wir hören«, fragte Juli, durch ihre Schallplatten stöbernd, »Radio Flip?« Sie besaß ein Tonmöbel aus den Sechzigern, das den Schriftzug *StereoCommander Luxus* trug, eine weiße Fiberglashalbkugel auf schlanken Stahlbeinen, wie ein Stück alte Zukunftsmusik aus dem Cockpit der *Enterprise*. »Ah, ich hab was. Wenn schon, denn schon.« Sie legte Ton Steine Scherben auf.

»Wenn schon, denn schon«, sagte nach ein paar Takten auch Elke. Sie trat in die winzige Küche und öffnete den Kühlschrank. Nicht viel zu holen. Ein Karton Eier, immerhin.

Juli streckte den Kopf herein. »Die sind von Malte. Maltes Eier. – Entschuldigung.« Sie fächelte abwinkend mit den Händen, der Silberreif schlackerte ihr um den Ellenbogen. »Dass er mir Sachen in den Kühlschrank stellt, ist eine seiner Macken.«

»Spricht allerdings für ihn. Ich hoffe, es ist nicht allzu lange her.«

Elke schlug vier Eier in eine Schüssel.

»Füttern verboten«, sagte Juli.

»Geh du noch bisschen Rio hören.«

Allein machen sie dich ein, schmeißen sie dich raus, lachen sie dich aus …

Elke setzte eine Pfanne auf den Herd. Diese Küche war ein stickiges Gelass, das Fenster kaum drei Handflächen groß, blätternde Hängeschränke nahmen die halbe Raumbreite weg. Ein Ort, um sich das Kochen abzugewöhnen, wenn nicht das Essen. Warum hatte sie eben nicht irgendwo Eis gekauft, das hätten sie jetzt auf Julis Balkon löffeln können. Aber nun war das Omelett ja schon auf dem Weg, und es ging hier nicht um sie, sie hatte ja gegessen, es ging um Juli. Elke schnitt eine Zehe Knoblauch in die Schüssel.

Noch einmal die bandagierten Handgelenke der kleinen Tänzerin. Und Schwester Elke, die Schreckschraube, ihrer Lebenslage so überdrüssig, dass sie selbst unausstehlich wurde. Lebenslage, Lebenslüge. Sie würde diese Menschen nicht wiedersehen, es sei denn, sie ginge morgen in die Klinik und machte sie ausfindig; lag der Junge nicht sogar auf ihrer Station? Aber das würde sie ja doch nicht tun. Nein, sie würde den beiden einfach in rundum schlechter Erinnerung bleiben, und so schlimm war das auch nicht, mit etwas Abstand würden sie vielleicht eine Witzfigur in ihr sehen, das geschähe ihr recht. Die Krankenschwester hinterm Mond, eine verklemmte Katholikin. Oder übler noch, eine verklemmte Protestantin.

Und nun, nach Mitternacht, also ein Omelett, ein *Ommmmm-lett.* Einmal beim Thema Religion gelandet, erinnerte sie sich an die buddhistischen Anwandlungen ihrer Freunde auf dem Hof im Vaucluse. Damals. *On va chercher le silence des étoiles.* Sie hatte sich auf die Meditationsübungen nie richtig konzentrieren können, viel entspannter war sie draußen auf den Feldern gewesen. Oder bei der Kammermusik in der ausgebauten Scheune. Die Freunde von damals. Namen, die ihr nicht mehr gleich einfielen, Briefe, die sie seit Jahren nicht geschrieben hatte.

Weil man sich keine Zeit mehr nahm. Weil man stumpf wurde. *Der Countdown läuft.* Schwachsinn. *Sich kümmern oder verkümmern.* Beinahe wäre es ihr auch mit Juli passiert, beinahe hätte sie sogar das verkümmern lassen. Dann trafen sie sich endlich wieder, Juli sah aus wie auf die Hälfte zusammengestrichen, und Elke war schon drauf und dran, sie auf der Terrasse sitzen zu lassen. Unausstehlich. Nur gut, dass es anders gekommen war. Dass sie jetzt in diesem Schuhkarton von Küche stand.

Während Erik noch die eine Nacht Dienst hatte. Erfahrungsgemäß vier-, fünfmal rausgeklingelt wurde. Auch zwischendurch kaum schlief, weil die Aussicht auf den nächsten Notruf ihn wach hielt, trotz der angestauten Müdigkeit. Half ihm die Vorfreude auf den Urlaub? Zweifellos. Vorhin hatte er bei ihr angerufen, aber keine Nachricht hinterlassen. Morgen früh würde sie die Reise buchen, morgen oder gar nicht.

Sie drehte die Herdplatte ab. Die Dunstabzugshaube lärmte, doch die Luft klärte sich kein bisschen.

»Hast du noch was, das wir dazuessen können?«

Sie hielt die Pfanne in der Hand, Juli kam ihr im Flur entgegen, mit unsicherem Blick. Jetzt, dachte Elke, bin ich die große Schwester. Schwester Elke, imposant.

»Wir brauchen ja auch Teller«, sagte Juli.

Zum Dazuessen fand sich nichts, ein halbes Baguette kam nicht infrage, steinalt. »Aber ich habe noch einen Rest Sherry.«

Sie saßen an der offenen Balkontür, auf den Kissen, die um den *StereoCommander* verstreut lagen. Draußen bellte ein Hund, ein Betrunkener lachte, als müsste er gute Miene zu einem bösen Spiel machen. Die Scherben-Platte war durchgelaufen. Juli fragte sich, wie viele Menschen diese Platte heute gehört haben mochten. Hier in der Stadt bestimmt niemand außer ihnen. Obwohl, vielleicht hatte man sie bei irgendeiner Studentenparty aufgelegt, aus Gewissenhaftigkeit und weil sie kürzlich bei Saturn im Ramschkorb an der Kasse gelegen hatte.

»Wenn du das jetzt nicht isst, schlag ich hier alles kaputt.«

»Ich dachte, in solchen Fällen fesselst du einen ans Bett.«

Juli schnitt langsam einen ersten Bissen aus dem Omelett. Doch anstatt ihn sich in den Mund zu schieben, legte sie die Gabel wieder hin. »Vorher ein Schlückchen.«

»Machs nicht allzu spannend.«

»Hintergrundrauschen.«

»Nun piss dir nicht in die Hose«, sagte Bernd: »Eh die mich hier suchen, bin ich längst wieder weg.«

»Was für eine Scheiße du redest. Die suchen dich jetzt schon. Die kucken einmal in ihren Computer, und dann wissen sie, dass du hier deinen Bruder hast.«

»Die machen doch erst mal Wochenende.«

»Jaja, und außerdem sind Sommerferien. So bescheuert, echt. Brauchst du Geld? Glaub bloß nicht, dass ich dir was geben kann.«

»Aber ich kann dir welches geben.«

»Was? Nee, nee, hör auf, ich halt das alles nicht mehr aus.«

»Du miese kleine Nulpe. Ich hab gedacht – aber gut, dann haue ich eben ab.«

Bernd klappte seinen Koffer zu und stand auf. Malte blieb im Sessel liegen, eine Hand über der Lehne, die andere über Augen und Stirn, und begann lautlos zu lachen. Der Schmerz in seiner Brust zuckte wieder mit.

»Schade. Ich habe den Cognac im Büro gelassen. Den könnten wir jetzt brauchen.«

Bernd war zur Tür gegangen.

»Komm her, du Psychopath. Setz dich wieder, bleib. Ich habs mir überlegt.«

»Nein.«

»Doch, wirklich. Komm. Wir warten hier zusammen, bis die – bis die – was auch immer.«

»Blödsinn.«

»Vielleicht willst du dich auch erst mal waschen. Da im Schrank sind Hemden, such dir eins aus. Ich hab welche, die sind ein bisschen großzügiger geschnitten.«

»Du hast plötzlich Angst, alleine zu sein.«

Das war keiner Entgegnung würdig, doch die Worte drängten sich Malte auf: »Bin ich etwa nicht alleine, wenn du hier bist?«

Bernd schürzte die Lippen, es sah aus, als würde er gleich auf den Boden spucken.

Er stellte eine Flasche Obstler auf den Schemel. »Vom Boulettenbuddha. Er wollte fickificki dafür.«

»Und hat er bekommen?«

Malte spürte einen Anflug von Kränkung, als Bernd die Badezimmertür hinter sich abschloss. Was glaubte der? Dann kam ihm die Karte in den Sinn, die er ihm geschickt hatte. *Jetzt ist dein Vorsprung uneinholbar geworden.* Hatte er das geschrieben? Sie würden es gegen ihn auslegen, klarer Fall, und er würde es ganz schlecht erklären können.

Obwohl, nein, er hatte das nicht geschrieben, sondern etwas anderes. Ganz sicher? Und wenn – war dann das, was er geschrieben hatte, weniger verfänglich? Egal, verdammt, es war alles egal. Malte Bodenlos und Bernd Vogelfrei. Vogelfrei und Spaß dabei. Wenn die Nacht am tiefsten. Brüder zur Sonne.

Er biss die Zähne zusammen und beugte sich hinunter, sammelte die Blätter auf, den Makler, der seine Züge trug. Warum machte Bernd so etwas, und warum brachte er es ihm mit? Dass er Maltes Gesicht verwendete, schön und gut. Hatte er ja mit anderen auch schon getan, zum Beispiel mit dem Boulettenbuddha. Doch wieso dieser traurige Immobilienwicht? Wo sah Bernd die Parallele? Wie kam er darauf? Alles egal. An die Bürowand damit und vorzeitiges Karriereende wegen Seltsamkeit. Beziehungsweise wegen der falschen Art von Seltsamkeit. Der Schnaps auf dem Schemel war das freundlichere Geschenk.

Jetzt erschien der Große wieder und hatte sich für das blassrosa Knitterhemd entschieden. Dass in einem seiner Kleidungsstücke jemand aussehen könnte wie eben aus einer geschlossenen Abteilung entlaufen, hätte Malte nicht geglaubt. Er ging zwei Gläser holen, auch eine Tüte Chips.

»Ist doch eigentlich klar, wer mich verkloppt hat: Robert T-Online.«

»Wer ist denn das?«

»Na, die blonde Bestie von der Telekom. Der bei dir aus den Plakaten steigt. Mit den Geheimwaffen.«

Bernd schüttelte den Kopf. »Den gibt es nicht mehr.«

»Ah. Dann hat er ja seine Strafe bekommen.«

»Strafe?«

»Dafür, dass er mich geschlagen hat.«

Von Maltes Versuch, mit ihm anzustoßen, schien Bernd keine Notiz zu nehmen. Er kippte sein Glas in zwei Schlucken und heftete seinen Blick wieder auf den dunklen Fernseher.

Vierzig, dachte Malte. Wie viel Außenwelt kam beim Bruder noch an? Und nach welchen Kriterien? Die Dichte des persönlichen Filters, die Befangenheit in der eigenen Sicht nahm ja mit dem Alter zu. Und wenn man obendrein ein

Einsiedler war, ein Quasi-Autist, der Blick undurchdringlich, die eigene Welt abgeriegelt gegen jede Überprüfung. Oder? In manchen Momenten wirkte Bernd verschroben, aber hellwach. Knallte dir Details vor die Füße, dass dir unheimlich wurde. Dann wieder wie auf einem anderen Stern. *Space Cadet.* Wie sollte man sein Benehmen deuten? Pathologisch? Als das eines Kranken? Eines gerade obdachlos Gewordenen, eines Menschen unter Schock? Damit war man immer auf der sicheren Seite.

Oder gar nicht deuten. Keine Erklärung suchen. Hinnehmen.

Lag in der Selbstgenügsamkeit, in der Eigengesetzlichkeit nicht auch ein Trost? Hatte Malte nicht sogar Grund, Bernd zu beneiden? Er, der selber längst keine zwanzig mehr war und der nun, endlich bereit, auch entsprechend zu handeln, prompt die Wirklichkeit verlor, zu der er sich bekennen wollte. Ihm ginge es doch jetzt besser, wenn er sich den Abgleich mit der scheiß Außenwelt ersparen würde.

Der fremde Bruder also als Vorbild? Nicht in diesem Hemd. Doch Anfang dreißig, hier hängen geblieben und sitzen gelassen: Das machte mutlos und scheintot. Während vierzig, ohne Wohnung, die Bullen im Nacken, wenigstens eine Dynamik hatte. Wer so lebte, der war in Bewegung, an dem ratterte das Leben nicht wie ein Geisterzug vorbei. Es sei denn, er würde so lange hier herumhocken, bis sie ihn abholen kämen. Malte trat ein Bild vor Augen, auf dem er einem Polizisten die Tür öffnete und sagte: *Ach, gerade wollte ich Sie anrufen.* Er scheuchte dieses Bild wieder weg.

»Bernd?«

»Ja, Ernie?«

Er stutzte, dann schüttelte ihn ein Lachkrampf, was ziemlich wehtat. Nach dem nächsten Glas war er in der Lage, seine Frage zu stellen: »Hast du nicht mal einen Comic gemacht über die rote und die schwarze Null?«

»Weiß ich nicht.«

»Wieso, natürlich weißt du das. Bert.«

»Das ist wenn dann alles verbrannt. Ich bin davon gereinigt.«

»Okay, okay. Schön für dich. Aber ich habe mir gerade überlegt, dass das Bild sehr treffend ist. Die beiden Nullen. Ich meine treffend für uns, wie wir hier sitzen. Ich bin eine rote Null und du eine schwarze. Ich vor den Trümmern meiner letzten zwei, drei Lebensentwürfe, alle Perspektiven weg, ich selbst zwar noch da, aber keine Ahnung, wofür. Auf Null und am Ende. Und du ebenfalls vor den Trümmern – oder vor einem Haufen Asche –, aber mit Energie, und sei es kriminelle. Auf Null und am Anfang. Der Vogel Phönix. Verstehst du, was ich meine?«

»Hast du geweint?«

»Jetzt ist mir wirklich schlecht.« Juli sackte nach hinten, lehnte den Kopf an die Wand. Auf dem Teller, den sie von sich geschoben hatte, blieb ein Rest, der für Elke in die Kategorie *schafft man immer noch* fiel.

»Ich bin dafür jetzt schon mal ein bisschen erleichtert.«

»Ich überhaupt nicht. Du hast mich gezwungen, Maltes Eier zu essen –«

»Weil du nichts anderes da hattest.«

»– aber was soll dadurch besser geworden sein? Mir ist so übel, dass ich gleich ins Bett muss.«

»Stell dich nicht an. Wenn dir schlecht ist, dann höchstens von dem Sherry, weil du schon so spillerig bist, dass du nichts mehr verträgst.«

»Von dem bisschen Sherry merke ich gar nichts.«

»Dann atme jetzt zweimal durch, setz dich so hin, dass du

deinen Schrumpfmagen nicht abquetschst, oder nein, mach dir als Erstes mal einen Tee.«

»Bei der Hitze.«

»Tee ist gut bei Hitze.«

»Krankenschwestersprüche. Verschon mich.«

»Außerdem kann ich dir sagen, was jetzt besser wird: Malte ist weg, und du kommst wieder. Raus aus deinem Loch. Du holst dir die Hälfte von dir zurück, die du dir in den letzten Monaten weggehungert hast.«

»Woher willst du denn wissen, dass Malte weg ist?«

»Du hast ihm fristlos gekündigt.«

»Und schon ist er nicht mehr da. Wusste gar nicht, dass das so einfach geht.«

»Du hast ihn gerade vor soundso viel flippigen Zuhörern in die Wüste geschickt, und jetzt soll er wieder der Grund sein, warum du nichts essen willst?«

»Er hat mich ja gar nicht gehört. Außerdem dreh mir doch nicht das Wort im Mund um. Du bist unkonzentriert, Frau Czarnik.«

»Und du hast schon keinen Busen mehr.«

»Also gut.« Juli rappelte sich auf und brachte die Teller in die Küche.

Sie blieb länger weg. Elke saß still, merkte, wie sie auf Geräusche lauerte, die verraten würden, dass Juli das Omelett wieder von sich gab. Stattdessen hörte sie etwas anderes. Eine neue Stimme in ihrem Kopf. Ganz leise nur, ein Wispern: *Zehren, verzehren, zehren, verzehren …* Natürlich, die Zweifel, die an ihr zehrten, so lange schon, Juli, die an sich selbst zehrte, wie lange noch, der Dienst, der an Erik zehrte, bis morgen früh, und so fort, die ganze Welt des Zehrens, guten Appetit.

Ruhe jetzt.

Die Stimme ließ sich ohne Weiteres abstellen. Glück gehabt. Elke fand das Sitzkissen zu warm, juckig an ihren Schenkeln, sie setzte sich auf die Dielen.

Juli brachte einen Krug Wasser mit, in dem ein paar Zitronenscheiben schwammen. »Ich hab ja tatsächlich keinen Busen mehr.«

»Juli, nein, das war blöd, ich wollte so was nicht sagen.«

»Warum denn? So labil, dass du dir den Mund verbieten musst, bin ich auch wieder nicht. Sei lieber froh, dass ich dir zustimme. Oder sei misstrauisch: Ist die Patientin einsichtig, oder taktiert sie bloß?«

Elke schnappte sich Julis Hand. »Ich sage dir, was besser geworden ist: dass gerade etwas aufgehört hat. Etwas, das so, wie es war, nicht gut ging. Und dass jetzt was anderes anfängt. Auch wenn man noch gar nicht sagen kann, was es ist.«

»Klingt erhebend. Davon, dass was anfängt, merke ich leider nichts. Bei mir hat wohl fürs Erste nur was aufgehört.«

»Du bist ungerecht.«

»So meinte ich das nicht. Natürlich ist es schön, dass wir beide mal wieder – aber das habe ich dir ja auch vorhin schon gesagt.«

»Du hast uns gerettet. Ich wäre wirklich abgerauscht.«

»Ich weiß. Aber dann hättest du dich für den Rest der Nacht selber Schreckschraube genannt und mich morgen früh angerufen. Obwohl, du gehst ja in Urlaub.«

»Den müsste ich erst noch buchen.«

»Oho. Ich höre *müsste*.«

Elke ließ Julis Hand los und trat an die Balkontür. Kleine altmodische Geräusche, das Aufsetzen der Nadel, das Knistern der Anlaufrille. Juli hatte diesmal etwas ohne Gesang ausgewählt, eine Art Elektrojazz, der neurotisch im Hintergrund puckerte.

»Hast du Lust«, fragte Elke, »morgen mit mir wegzufahren?«

»Das kannst du Erik nicht antun, Süße. Er ist –«

»– lieb und fürsorglich, ich weiß. Aber glaub mir, dadurch, dass ich jetzt mit ihm wegführe, würde ich ihm was viel Schlimmeres antun.«

»Da steigerst du dich bloß rein.«

»Also nochmal: Hast du Lust, mit mir wegzufahren?«

»Verdammt, Elke, ich habe kein Geld. Ich kann nicht wegfahren. Ich sollte schleunigst irgendeinen scheiß Callcenter-Job annehmen oder auf den Strich gehen oder mir die Adern aufschneiden –«

»Hör auf!«, schrie Elke, sodass Juli zurückwich.

»So ist es aber leider, und dagegen hilft auch kein Rumbrüllen.«

»Entschuldige.« Elke wischte sich über die Augen.

»Lass das mal mit dem Entschuldigen. Sag mir lieber, ob wir nicht auch was anderes machen können als verreisen.«

»Auswandern.«

»Und wohin? Ins Allgäu vielleicht?«

»Spitzenidee.«

Auf dem Balkon war die Luft auch nicht frischer, im Gegenteil, das Holz gab nur langsam die Hitze des Tages ab.

»Flötest du eigentlich noch?«

»Aus dem letzten Loch.«

Juli strich mit den Fingerspitzen über Elkes Gesicht. »Aber deine Stirnfurche ist nicht mehr ganz so tief wie vorhin.«

»Sieht nur so aus, weil sie jetzt im Schatten liegt und weil du immer noch keine Brille aufhast.«

»Verstehe. Also, hätten wir uns das hier träumen lassen, als wir vor hundert Jahren um die Wunschbuche getanzt sind?«

»Das ist wieder eine von deinen Gemeinheiten, mit denen du allen die Laune verderben willst. Spaßbremse.«

Juli lachte und boxte Elke in den Oberarm. »Sag mal, du Biest, gibt es die Wunschbuche eigentlich noch?«

»Aua. Keine Ahnung. Bin auch ewig nicht mehr da gewesen.«

Elke beugte sich übers Geländer. »Aber wenn du es mit den höheren Mächten versuchen willst, brauchst du heute Nacht nicht in den Wald zu gehen. August ist ja Sternschnuppenzeit.«

»Hast du eine gesehen?«

Die Südstadt war nur schwach beleuchtet, doch der Mond, fast voll, hing über den Häusern, als hielte da jemand ein Omelett an der Angel.

Die Frage ist unzulässig, sie steht dir nicht zu, fällt nicht in den Bereich der Themen, die wir miteinander bereden können, und du benutzt sie nur, um unser Gespräch zu torpedieren. So kochte es in Malte hoch. Doch die Blöße, erläutern zu müssen, worin der grundsätzliche Unterschied bestehe zwischen der Frage, ob einer geweint habe, und der Frage, warum einer keine Augenbrauen mehr hatte, wollte er sich nicht auch noch geben. Er betrank sich schweigend weiter, das Gastgeschenk war halb leer.

Bernd hatte wieder seinen Koffer offen. Wundertüte, dachte Malte, was ist der nächste Streich? Da hielt der Bruder plötzlich seine alte Pentax auf ihn gerichtet, schwenkte ihm noch den Schirm der Stehlampe zu und knipste los. Die Schrecksekunde zog sich in die Länge, drei, vier Fotos musste er gemacht haben (und so schnell ging das ja nicht, scharf stellen, Belichtung messen, spannen, abdrücken, spannen, abdrücken), verräterische Fotos, Heulgesicht, Ohrfeigengesicht, Schnapsgesicht, sieht so ein ahnungsloser Gastgeber aus? –, bevor Malte aufsprang, um ihm die Kamera aus der Hand zu schlagen.

Keine Chance. Sein Rumpf schien entzweizubrechen und ihm wurde schwarz vor Augen, stöhnend fiel er zurück in den Sessel.

»Danke, das reicht.« Bernd setzte den Deckel aufs Objektiv.

»Nimm sofort den Film raus. Gib her.«

»Beruhig dich. Du hast es hinter dir.«

»Ich will nicht, dass es diese Bilder gibt. Ich mache das nicht mit.«

»Die Kamera ist noch von unserm Alten. Erinnerst du dich? Etwa mein Jahrgang. Bloß die Batterie, die kriegst du heute nirgends mehr.«

»Was soll denn das jetzt.«

»Im Zug haben sie viel fotografiert. Eine polnische Jugendgruppe, vielleicht eine Schulklasse. Immer grüppchenweise im Gang. Kriegten gar nicht genug davon. Und dann saß da eine Lila-Locken-Oma, die Fanta *Sunny Melon* trank, die haben sie auch fotografiert.«

Malte fühlte sich wieder etwas besser, traute seinem Magen aber noch kein weiteres Gläschen zu. Alles egal. Wer wen knipste. Was Bernd daherredete. Malte H., von Austickern umgeben. Sinan der Berserker, Amok-Juli und dieser Schizo-Paparazzo in Knitterrosa.

Was wohl Juli und Czarnik jetzt machten? Ein großes Rundfunkdebüt feiern, einen Rausch ausschlafen? Er könnte es noch einmal versuchen, auf ihrem Handy, ihrem Festnetz, ein letztes Mal. Vielleicht so tun, als hätte er die Sendung nicht gehört, sich die Privatversion ihres Entschlusses abholen, die sie in Aussicht gestellt hatte. Den Hörer heimlich an Bernd übergeben, mal sehen, was dann passieren würde. Wenn nur nicht alles so bodenlos traurig wäre.

Auch die Erinnerung an gestern Nacht, als er bei Chrissie Kürner gewesen war. Noch in einem ganz anderen Leben, einer vergleichsweise heilen Welt, die er nun eingebüßt hatte wie ein Stück Unschuld. Oder konnte man vielleicht doch zurück? Der Finsternis noch einmal entrinnen, umkehren bis an die Abzweigung, den Ausweg, den man nur flüchtig inspiziert und vorschnell verworfen hatte. Sollte man sich nicht sogar, aus einer Sorgepflicht für sich selbst, zu einer solchen Umkehr zwingen?

Tiefe Müdigkeit machte sich bei diesen Gedanken in Malte breit. Doch er sah sich in der Lage, vorsichtig wieder am Glas zu nippen.

Bernd hatte den Koffer verschlossen und legte ihn hinter seinen Sessel. »Ich muss weit weg«, sagte er. »Unerhört weit.«

»Unerhört.« Malte nickte. »Und das schaffst du auch. Du bist ja die schwarze Null, bei dir geht alles neu los. Darfst dich bloß jetzt nicht einholen lassen. Soll ich dir die Haare abschneiden?«

»Endlich mal ein guter Vorschlag von dir.«

»War eigentlich als Witz gemeint. Auf den du mit der dir eigenen Schroffheit –«

»Schere?«

»In der Küche.«

Das hatte er nun davon. Er ließ den Bruder noch eine Schüssel holen, um die Haare darin aufzufangen. Stand dann mit flauem Oberbauch im Bad hinter Bernd, der auf dem Schemel saß, und versuchte nicht zu zittern. Im Nacken zu schneiden war einfach, einen Fingerbreit überm Kragen entlang. Doch dann die seitlichen Strähnen – die Ohren frei, der Herr? Und oben, was machen wir mit dem Deckhaar oder dem, was davon übrig ist?

»Verkünstel dich nicht.«

»Sieht absolut bescheuert aus.«

»Manis crassicaudata.«

»Das hätte ich an deiner Stelle jetzt auch gesagt.«

Bernd fuhr herum, die Augen knapp an der Scherenspitze vorbei: »Du lügst!«

Manis meschugge, dachte Malte. Er schüttete die Haare in eine Tüte.

»Die müssen natürlich gleich entsorgt werden. Kommst du mit?«

Draußen wies er auf das Gebüsch hinterm Haus. »Da bin ich verprügelt worden.«

»Wer war es?«

»Robert T – ach Unsinn, ein gehörnter Gatte namens Sinan. Er hatte auch seinen Bruder Hakan dabei.«

»Islamisten?«

»Nein, das wäre Verleumdung. Standard-Fäustlinge, erfolgreich integriert.« Er hielt die Luft an, über den Container gebeugt, und schob ein paar Müllbeutel so zurecht, dass sie die Tüte mit Bernds Haaren verdeckten.

»Hier draußen ist es nicht ganz so stickig«, sagte Bernd.

Sie gingen nebeneinander auf der Straße. Die Bewegung schmerzte kaum, und Malte erinnerte sich an die frühesten Alkoholnächte, als man im pubertären Tross durch Straßen wie diese gezogen war, so laut wie möglich, so weit entzerrt, dass man die ganze Fahrbahnbreite einnahm, beseelt von einem rührend lächerlichen Uns-kann-keiner-was-Gefühl. Die anderen von damals waren heute vermutlich Filialleiter und Familienväter. Ihn überkam ein Drang zu singen. Er öffnete den Mund und fand das Ergebnis krude, aber vertretbar:

Wie aus
Dem Ei gepellt
Zeigt uns die Welt
Dass sie nicht hält

»Was ist das?«, fragte Bernd.

»Ein Sprachkunstwerk ersten Ranges, will ich meinen. Das Lied der Nullen.«

»Man versteht kein Wort.«

Malte räusperte sich und sang es mit mehr Kraft. Noch zweimal, und der Bruder stimmte ein. Malte wählte den kürzesten Weg aus der Siedlung hinaus, in die Felder, wo es keinen stören würde, wenn sie sich heiser schmetterten. Und falls die Bullen schon kamen, während die Nullen noch sangen, konnten sie ja auch erst mal die Nachbarn rausklingeln. Zwar gefiel ihm das Liedchen mit jeder Wiederholung weniger, zwar wuchs sein Bedürfnis nach einer Abwechslung, einer zweiten Strophe, ohne dass ihm eine einfiel. Doch so in den Stoppelfeldern zu wandeln, unter dem Dottermond, neben dem verschnittenen fremden Bruder, und gemeinsam das Mantra dieser paar Töne im Rhythmus des Schlingerschritts aufgespannt zu halten, das war nicht der schlechteste Weg durch diese kaputte Nacht. Lachen, wenn die Welt zerbricht.

»Du steuerst das Auto bei, ich das Benzin und ein Zelt, und wir fahren los, wenn wir ausgeschlafen haben. Das muss so sein, das wird so sein. Einen Job findet im August eh niemand, und wir brauchen nicht viel Geld, ich kenne ja auch ein paar Leute in Frankreich, und nur so kann etwas anfangen: indem man aufbricht. Hier bleiben heißt verkümmern, das lasse ich auf keinen Fall zu, Juli, wir müssen wenigstens losfahren, ich bestehe darauf, wenigstens probieren, wie es sich jetzt anfühlt, unterwegs zu sein, und wenn es sich nicht gut anfühlt, können wir meinetwegen an der ersten Grenze wieder umkehren und sagen, okay, war ein Versuch, Frau Czarnik musste ja unbedingt ihren Willen haben, nächstes Mal gehen wir lieber ins Kino. Abgemacht? Sternschnüppchen?«

Juli, ans Geländer gelehnt, zog sich den Silberreif über die Hand und setzte ihn auf Elkes Kopf wie eine kleine Krone. »Ich bin froh, dass du da bist.«

Neunter Neunter

Ihre Handgelenke auf seinen Schultern, an seinem Hals. Gips und Bandage, im Augenwinkel seine zierliche runde Schrift, *Jenslenz* in einem Wort, in Rot, schwule Schrift, wie Hakan und Rille sagten, Mädchenschrift. In seinem Nacken tippten ihre Finger ein leichtes Muster, dabei blickte sie an ihm vorbei, schräg zur Decke oder ins Leere, mit einem Anflug von Lächeln, und er konnte unter ihrem hellgrünen Ärmelausschnitt ein Stück von ihrer Achselhöhle sehen. Dunkle Stoppeln, ganz anderer Ton als auf ihrem Kopf. Plötzlich traf ihn ihr Blick, er fuhr zusammen. »Ich bins doch nur«, sanfter Spott in ihrer Stimme. Sie kam so dicht heran, dass ihre Nasen sich berührten. Ihr Atem strich über sein Gesicht. Ihr Mund mit dem kleinen Ring.

Er hatte unwillkürlich die Augen geschlossen, dafür öffneten sich seine Lippen unter ihren Lippen einen Spalt weit. Es schien sie nicht zu stören. Sie hatte die Arme in seinem Nacken verschränkt, und er spürte ganz kurz ihre Zungenspitze. Dann wieder, und noch einmal, als klopfte sie bei ihm an. Ein heißer Schauer überlief ihn und vervielfachte sich an der peinlichsten Stelle. Hastig krümmte er seine Körpermitte von Mara weg. Ihre Zunge glitt über seine oberen Schneidezähne und schmiegte sich gegen das Innere seiner Wange. Er merkte wie seine eigene Zunge ihr tastend folgte. Und dass Mara den Gipsarm an seinem Rücken hinabgleiten ließ bis zum Kreuz, dass sie ihn an sich zog da unten, wieso bloß, nun musste sie ja mitbekommen, was bei ihm geschah, sie drängte sich geradezu dagegen. Sie wich nicht zurück.

Er mit einem Mädchen, ihr Mund in seinem Mund.

Mit den Gutenachtküssen der Mutter hatte das nichts gemeinsam. Der Vater küsste ihn nicht, der legte ihm nur manchmal eine Hand auf die Schulter, wenn er neben ihm ging, und Jens fand die Hand zu schwer, sagte es aber nicht. Der Kuss von Opa Lenz, am Tag bevor er starb: die Lippen trocken wie Papier, und Jens konnte den Blick nicht losreißen von den kreidigen Krümeln auf der Sessellehne. Dennoch die Wärme, die Kraft, die diese Berührung ihm gab. Magisch.

Was würde Mara sagen, wenn sie wüsste, dass er jetzt an einen Kuss seines Großvaters dachte? Aber es war ja nur ein sehr kleiner Gedanke, weit hinter den beiden Zungen und weit hinter den tausend Kolibris in seinem Leib; der Gedanke an einen Zauber, während ein neuer Zauber geschah. Er hatte Puddingknie, fühlte sich, als könnte jeder Hauch ihn umwerfen. Doch zugleich schien in ihm ein Tor aufzuspringen, dahinter eine helle Landschaft, ein neuer Grund, der ihn tragen würde. Ihre Zunge war an seinem Gaumen entlanggestiegen und nahm auf dem Rückweg seine Zunge mit. Das Einzige, was gegen sein Zittern half, war Mara fest zu umschlingen, egal wie es sich bei ihm unten bäumte.

Als sie ihn losließ und sich blinzelnd durchs Haar fuhr, lag unter ihren Sommersprossen ein rötlicher Schimmer. Das sah schön aus. Er selbst musste der reinste Feuermelder sein. »Tschüs«, sagte sie leise und sprang, die verbundenen Unterarme erhoben, die Treppen hinab. Er lehnte neben der grünen Metalltür mit dem Fluchtwegmännchen auf der Vorderseite, hatte ihren Geschmack im Mund, und im Ohr überlaut seinen Herzschlag, *Mara, Mara, Mara, Mara, Mara,* so klang er. Das Herz, ein Muskel. Hieß verliebt zu sein, dass man einen Muskel spürte? Eine Art Muskelkater. Er blickte nach rechts. Da hing tatsächlich ein Feuermelder an der Wand.

Das war nun ein paar Wochen her und der Sommer vorüber, in die Geschichte eingegangen als der wärmste seit Beginn der Wetteraufzeichnungen, Freiburg im Breisgau zum Beispiel heißer als Tunis, neuer Höchstwert auch hier in der Stadt, 38,6 Grad, gleich zweifach erreicht. Die Schule hatte wieder begonnen. Jens Lenz in der Zehnten, achter September, erster Tag.

»Der Piepmatz hat jetzt also eine kleine Freundin.«

»Hast dich ja schon seit Jahren mit nichts anderem als Vögeln beschäftigt. Du perverse Sau.«

Er starrte den Boden an, sodass Rille ihn vor die Brust stieß. »Häng gefälligst nicht so runter, wenn man mit dir redet.«

Von Hakan kam ein meckerndes Lachen. Jens hob den Blick in die Pappeln hinter dem Maschendraht.

»Der wird echt frech. Der kuckt uns nicht mehr an.«

»Vielleicht kann er das nicht mehr, weil er jetzt immer nur noch Titten sieht. Du mit Titten, Alter. Das wär zu viel für ihn.«

»Was soll denn die Scheiße, ich mit Titten?«

»Musst du ihn fragen.«

»He, was soll die Scheiße, Piepmatz?«

Doch Jens kriegte den Mund immer noch nicht auf. Hakan musste neben seinem Ohr laut in die Hände klatschen, damit er endlich hersah.

»Du wirst die Kleine ja wohl deinen Herren vorstellen?«

»Na sicher wirst du das. Und morgen bringst du uns erst mal was von ihr mit.«

»Einen Finger voll.«

»Das peilt er nicht.«

»Pass auf, ich erklärs dir. Ist wirklich eine sehr leichte Aufgabe, für den Anfang. Weil wir so nett und großzügig sind, und weil du krank warst und dich noch bisschen schonen sollst. Du zeigst uns, wie sie riecht. Kapiert? Ganz einfach, du hast ja sowieso den ganzen Tag den Finger in ihrer Möse, und heute wäschst du ihn dir halt mal nicht. Morgen machen wir dann den Test.«

Jens glotzte weiter und sagte nichts.

»So, das hast du denk ich verstanden. Und weißt du, was sonst passiert? Wenn morgen dein schwuler Finger nicht nach ihrer Fut riecht, dann schieben wir dir das hier in den Arsch, das schwör ich dir.«

Sie hatten seinen Füller. Ein perlmuttblauer Edel-Pelikan mit goldener Klemme, Geburtstagsgeschenk der Eltern. *Auf den musst du aber wirklich Acht geben.*

»Wir nehmen dich mit aufs Klo und kloppen dir den hinten rein. So weit, bis er ganz verschwunden ist. Und wenn du schreist, dann tauchst du.«

Es schrillte zum Pausenende.

Küsse, ja, immer wenn er sie sah und sich ein unbeobachteter Moment ergab; sie war gerade erst aus der Klinik entlassen worden. Aber wie ein Mädchen da unten roch, davon hatte Jens keine Ahnung. Vielleicht ein bisschen nach Urin? Er könnte sich auf den Finger pinkeln und dann nur trockentupfen. Aber wenn das aufflog. Es konnte eigentlich auch nicht sein, dass sie da nur nach Urin rochen. Oder nach Fisch? Das hatten, meinte er sich zu erinnern, Rille und Hakan mal behauptet. *Oben sprühen sie sich ein, unten stinken sie nach Fisch.* Vielleicht würde sich im Vorratsschrank noch so eine Konserve finden, *Makrelen in pikanter Tomatensauce,* oder er ging eine kaufen. Oder ein Glas mit Rollmöpsen. Ein Gemisch aus Fisch und Urin, vielleicht war das die Lösung. Er stellte sich Mara vor und wusste: Das konnte nicht sein.

Am nächsten Morgen stand er um halb sieben auf, wie immer, wenn er zur ersten Stunde hatte, und die Eltern saßen wie immer schon beim Frühstück. Der Vater mit einer lachsfarbenen Zeitung, »Das Probeabo hätten wir uns sparen können«, die Mutter mit aufgestützten Ellenbogen, die Oberlippe über ihre Kaffeetasse gestülpt.

Der Vater faltete das Blatt zusammen und wandte sich Jens zu: »Nun hat auch dich der Alltag wieder. Daran führt kein Weg vorbei, mein Lieber, da kannst du noch so verschlafen aus der Wäsche kucken: Was für alle gilt, gilt auch für dich.«

»Ich bin gar nicht müde.«

»Na, dann ist ja gut.«

»Wann kommst du heute zurück?«, fragte die Mutter.

»Spät.«

»Nach der Siebten?«

Er nickte. Die Mutter stellte ihre Tasse ab und zog aus der Schublade hinter sich ihre Atrix-Dose.

Rechts trug sie ein Schweißband aus schwarzem Frottee, links noch eine Stützbinde, der Gips war ab. Jens erschrak über den großen Bluterguss unter ihrem rechten Auge.

Ihr Vater?

Sie zuckte mit den Schultern, gab ihm einen Kuss unter sein rechtes Auge und strich sich eine breite orange Strähne, neu gefärbt, über das Veilchen. Der Bus kam.

»Kannst mir ruhig verraten, was die von dir wollen.«

»Nein – nein –«, stammelte er entsetzt.

»Und warum sagst du denen nicht einfach, geht kacken?«

»Das wäre schlimm. Also es würde dann schlimm.«

»Die tun doch nur so. Die würden sich gar nicht trauen.«

»Doch, ganz sicher.«

Mara saß schräg, die Fensterscheibe im Rücken, ihre Füße hatte sie zwischen seine Füße geschoben. »Jenslenz, hast du dich mal gefragt, warum es immer einen Henker gibt? Woher die ganzen Folterer kommen? Nicht nur die, die so was befehlen, sondern auch die, die es dann machen. Ausführen. Warum sich da immer, immer welche finden.«

Er war nicht sicher, ob er sich das schon mal gefragt hatte.

»Weißt du, eine Welt, in der sich immer einer findet, der foltert: eigentlich will man doch in so einer Welt nicht leben.«

Das Küchenmesser. Ihre Tat. Er bekam es mit der Angst. »Aber man darf nicht – auch nicht sich selbst –«

»Reg dich ab. Ich will damit ja nicht sagen, dass man sich umbringen soll. Nur dass es eine scheiß Welt ist. Dass überall um uns rum diese Leute sind, die Folterer werden könnten.«

Sie sprach so laut, dass wahrscheinlich alle Fahrgäste sie hörten. Es machte ihn nervös. Der Bus war nicht voll, aber trotzdem.

»Da braucht nur einer zu kommen und sagen, wir suchen Freiwillige für besondere Aufgaben, und schon stehen sie bereit. Kann mir auch keiner erzählen, dass das hier und heute anders wäre, von wegen Nazis und nie wieder und blablabla. Die stehen sofort bereit. Sofort. Bei denen muss man nur einen Schalter umlegen.«

»Aber was –«

»Du darfst dir das nicht bieten lassen. Dass sie dich fertig machen. Dass sie dir irgendwas androhen.«

Sie mit ihrem blauen Auge hatte gut reden.

»Glaubst du, dein Vater wäre auch ein Folterer?«

Statt zu antworten sah sie ihn nur an. Er wurde aus ihrem Blick nicht schlau, einen Moment lang hatte er gefürchtet, ihr würden Tränen kommen. »Spiegelweg«, nuschelte der Busfahrer durch die Lautsprecher. Sie stiegen aus.

Der Himmel war schwammig grau, der Morgen kühl, zumindest so, dass Jens eine Windjacke trug und nun, im Wald, auch deren Reißverschluss hochzog. Mara, die immer noch im T-Shirt herumlief, sagte, sie friere nicht so leicht.

Tief einatmen. Die Waldluft. So hatte er es von Opa Lenz gelernt und sich zu Herzen genommen. Die Bäume stellten ihr Septembergrün zur Schau, ihren reifsten, dunkelsten Ton. Doch der fiel in diesem Jahr nicht so satt aus wie sonst, das Laub war braunfleckig oder gilbte an den Rändern, weil es zu wenig Wasser bekommen hatte und unter etlichen Plagen litt. Auf den Rekordsommer folgte ein verfrühter Herbst.

Um diese Tageszeit teilte man den Wald nur mit den gefiederten Freunden. Jens versuchte sich zurückzuhalten, aber als keine fünf Schritte neben ihnen ein Rotkehlchen seinen wehmütigen Gesang anschlug, musste er Mara flüsternd darauf hinweisen, egal ob sie ihn auslachte. Sie lachte nicht, sondern trat vorsichtig ins Unterholz und beugte sich zwischen die Zweige des Pfaffenhütchens, unter dem der Vogel hocken musste. Dankbar kletterte Jens ihr hinterher. Der Gesang verstummte.

Nicht so sein schlechtes Gewissen. Er hatte noch nie die Schule geschwänzt. Vielleicht mal eine Stunde bei der staubigen Güntherstaler, weil Hakan und Rille es verlangten und die Güntherstaler es eh nicht merkte. Sonst hatte er nur gefehlt, wenn er krank gewesen war. Und wenn Mara meinte, er solle sich keine Drohungen bieten lassen, hieß das nicht, dass er auch heute hätte hingehen müssen? Ohne Fischfinger. Aber was wäre dann mit ihm passiert?

Sie selbst dagegen war schon gestern nicht in der Schule gewesen, dabei wollte ihre Ärztin, dass sie die Oberstufe dranhängte, und so war es auch mit den Lehrern abgesprochen.

Sie schien seine Unruhe zu bemerken, tänzelte einen Halbkreis um ihn herum und fasste seine Hände, um rückwärts vor ihm zu gehen. »Hast du hier im Wald eine Lieblingsstelle?«, fragte sie.

Die Wunschbuche stand auf einer flachen Kuppe, ein Stück abseits des Wegs. Der Pfad zu ihr hin war kaum noch erkennbar, man vergaß sie. Ihren Stamm hätten Jens und Mara zu zweit nicht einmal zur Hälfte umfassen können. Hineingeritzte Buchstaben, Herzen, Pfeile zerliefen in den Wülsten, die die graue Rinde um alte Wunden warf.

»Und was für Wünsche hat dieser Baum schon erfüllt?«

»Weiß ich nicht.«

»Wieso sagst du einfach, weiß ich nicht? Du könntest dir doch jetzt was Schönes ausdenken, das wär doch die Gelegenheit, ein bisschen romantisch zu werden. Auch wenn hier gerade kein Rotkehlchen singt.«

Jens kam sich dumm vor. Sie lachte und strich ihm durchs Haar. »Mach dich mal locker.«

Er schluckte und stellte die erste Frage, die ihm in den Sinn kam: »Welchen Wunsch hast du denn?«

»Darf man das laut sagen? Würde mich ja wundern.«

Sie lief ein Stück von der Buche weg. Er folgte ihr, den flachen Hang hinab, und wurde die bekümmerten Gedanken nicht los. Dass er jetzt in Bio sitzen müsste. Zwei Bänke hinter sich seine Erpresser. *Das waren doch nur Sprüche gestern. Gebt den Füller her.* Nein, so sah diese Welt nicht aus. Die Welt der Folterer, wie Mara sagte. Pech für Jens. Doch er wollte sich nicht selbst bemitleiden, andere waren ja viel schlimmer dran als er, waren in seinem Alter längst drogenabhängig oder kaputtgeprügelt oder todkrank. Andere versuchten sich das Leben zu nehmen.

Mara hatte den Rand einer kleinen Lichtung erreicht und ließ sich ins Gras fallen. Mara, die weiterlebte. Das Mädchen, in das er verliebt war, das Wunder, das ihm geschah. Er hatte es ihr noch gar nicht gesagt. Vielleicht wäre es dazu an der Zeit. Sie küssten sich ja sogar. Wenn er so darüber nachdachte, schien er doch großes Glück zu haben, da durfte er doch nicht klagen. Dass Hakan und Rille schon mal ein Mädchen geküsst hatten, glaubte er kaum, auch wenn sie daherredeten, als hätten sie längst viel mehr gemacht als das. Er fühlte, wie seine Betrübnis einem leisen Triumphgefühl wich.

Von Maras Platz aus konnte man den Stamm der Wunschbuche zwischen den anderen Bäumen schimmern sehen. Unterhalb der Stelle, an der er sich in steile, mächtige Äste teilte, hatte dieser Stamm sein Gesicht. Das Antlitz einer guten Hexe, einer alten Fee.

Jens hockte sich neben Mara ins Gras. Nicht einfach, es zu sagen. Sehr schwierig sogar. Auch wenn man sich schon küsste.

Sie tastete die Schwellung unter ihrem Auge ab und blickte dann zu ihm auf. »Weißt du noch, der achte Achte? Heute ist der neunte Neunte.«

»Stimmt.«

Und war nicht auch das wieder blöd, an so einer Stelle *stimmt* zu sagen? Ihm fiel der Neuntöter ein, der erbeutete Hummeln und Mäuse auf Schlehdornen spießte. Vorratshaltung für Schlechtwetterperioden. Romantisch sein. Mara hatte sich auf den Bauch gedreht, zupfte, die Ellenbogen aufgestützt, im Gras herum. Er hatte Lust, sich neben sie zu legen, doch er traute sich nicht.

»Wenn du in die Natur gehst«, hatte Opa Lenz gesagt, »an einen Ort, wo keine Häuser, keine Straßen, keine Schienen in der Nähe sind; wenn du da dein Ohr an die Erde drückst, die

Augen schließt und abwartest, bis einen Moment lang alles schweigt, auch die Stimmen der Vögel und selbst der Wind: dann kannst du, wenn du genau hinhörst, etwas vernehmen, tief aus der Erde. Ein ganz zartes Wispern. Weißt du, was das für ein Wispern ist, Jens?«

»Vielleicht von den Toten?«, hatte Jens geraten, denn als der Großvater schon einmal so feierlich geworden war, hatte er vom Krieg erzählt. Doch diesmal schüttelte er langsam den Kopf.

»Nein, Jens. Nicht von den Toten. Obwohl, so ganz falsch liegst du mit dieser Vermutung vielleicht doch nicht. Denn was du aus der Erde wispern hörst, das ist das Leben selbst. Die Kraft, deren Teil wir alle sind. Die Kraft, die uns mit jedem Wesen, jeder Pflanze, jedem Keim verbindet.«

»Mara«, begann Jens jetzt, Jahre später, und sie fiel ihm ins Wort: »Ich denke gerade an dieses alte Lied, das müsste doch eigentlich was für dich sein: *Wenn ich ein Vöglein wär und auch zwei Flüglein hätt, flög ich zu dir.* Das kennst du, oder?«

»Klingt schön.«

»*Weils aber nicht kann sein, bleib ich allhier.*«

»Klingt sehr schön.« Er gab sich einen Ruck und legte sich zu ihr. Das Gras war noch klamm vom Tau, die Erde darunter auch nicht ganz trocken, es würde Spuren geben auf Hose und Hemd und an den Ärmeln seiner Jacke.

»Mara. Ich weiß nicht, wie ich es dir sagen soll. Aber ich glaube, ich bin in dich verliebt.«

»Jetzt hast du es ja schon gesagt.«

Jens der Feuermelder. Was hieß gesagt, seine eigenen Worte hatten ihn überrumpelt, kalt erwischt. Und nun stolperte ihm noch ein »Und?«, über die Lippen.

Sie wandte ihm den Kopf zu. »Eigentlich hat diese Buche kein Gesicht. Kein Baum hat ein Gesicht, kein Baum hört

Wünsche. Eigentlich muss man überall ganz alleine durch. Man darf sich nichts bieten lassen, das ist alles.«

Wie sollte er diese Antwort verstehen? Die Angst kroch wieder in ihm hoch. Hätte er bloß den Mund gehalten. Sich einfach neben sie gelegt und die Waldluft geatmet. Was für Gedanken sie sich machte. Ganz anders als seine, viel klarer und härter, das zeigte sich immer wieder. Was war er für ein Idiot.

»Aber du hast doch mal gemeint, es hilft, wenn man eigene Wörter hat und so. Eigene Wörter, eigene Welt.«

»Das soll ich gesagt haben?«

»Ja, hast du. Am achten Achten. Ich weiß es noch genau.«

»Vielleicht sage ich es am elften Elften wieder. Und dann darfst du mich mit Bonbons bewerfen.«

Er blickte ins Gras. Die Erde unter seinen Fingern. Welche Auffassung war die Richtige: jeder ganz alleine oder jeder ein Teil derselben Kraft? Konnte es sein, dass beide stimmten? Und die Folterer, waren die dann auch Teile der Kraft? Eine Vorstellung, bei der einem übel werden konnte.

Wiedergeburt. *Wenn ich ein Vöglein wär.* Oder ein Baum, das Gegenteil vom Vöglein. Die Ruhe selbst. In den Himmel wachsen. A wie Albatros, B wie Buche, C wie Chaos im K wie Kopf. Und M wie Mara, die merken musste, was für ein Idiot er war. Die jetzt trotzdem lächelte, ihn mit dem Ellenbogen anstieß.

»Mach dich mal locker.«

»Ich finde es besser zu zweit.«

»Wieso, ich bin doch schon locker.«

»Nein, ich meine, zu zweit sein. Du sagst, man muss überall alleine durch. Aber ich finde, es ist besser zu zweit.«

»Und was willst du zu zweit machen?«

»Weiß nicht. Ganz viel. Alles Mögliche.«

»Dann fang doch mal an.«

Er war sich unsicher, was das heißen sollte, und suchte ihren Blick, aber den hielt sie nun wieder auf die Buche gerichtet. Und jeder Schlag seines Herzens zählte die Zeit, und je mehr Zeit die Schläge nun zählten, ohne dass er irgendwas tat, desto peinlicher kam er sich vor.

Ein Stück entfernt, jenseits der Lichtung, rief ein Kuckuck.

»Guguguh«, machte Mara und begann zu lachen, rückte dabei ganz nah, schlang ihm den verbundenen Arm um den Hals und küsste ihn, erst weiterlachend, dann immer stürmischer. Sie rollte sich auf den Rücken und zog ihn mit sich. Er fühlte sich unendlich erleichtert. Nichts mehr denken, nur noch küssen, ihre Wärme, ihre Lippen, ihre Zunge spüren, ihre Hände, die sich auf seinem Rücken bewegten, ihre Hände, die an seiner Jacke zogen, ihre Hände, die schon wieder an seiner Jacke zerrten – erschrocken hob er den Kopf. »Unbequem«, flüsterte sie, und nun verstand er. Er setzte sich auf, öffnete den Reißverschluss der Jacke und zog sie nach kurzem Zögern aus. Er wusste nicht, ob er sie Mara als Unterlage geben oder zur Seite legen sollte. Sie nahm sie ihm aus der Hand und warf sie hinter sich über eine umgeknickte junge Fichte. Bei der Bewegung rutschte ihr T-Shirt ein Stück hoch.

Den Nabel eines Mädchens zu sehen war nichts Ungewöhnliches, im Sommer hatten manche sogar in der Schule bauchfrei getragen. Doch dieser Nabel war Maras Nabel, Jens stockte der Atem, und im nächsten Moment hatte er seinen Mund auf den freiliegenden Streifen Haut gesenkt. »Das kitzelt!«, rief sie, griff mit beiden Händen in sein Haar, zog seinen Kopf an ihrem Leib empor, und mit dem Kopf glitt auch das T-Shirt weiter hoch, sodass seine Stirn plötzlich an ihrer Brust lag, nur noch ein helles bisschen Mädchenwäsche dazwischen. Und weil sie ihre Hände jetzt nicht mehr in seinem Haar, sondern auf seiner Haut hatte, unter seinem Hemd, fühlte er oder das, was in ihm das Kommando übernommen hatte, sich befugt, auch dieses helle Bisschen noch hochzuschieben. Zwar wagte er keinen Blick, doch seine Lippen, seine Zunge, seine Finger taumelten wie in Trance über das weiche Geheimnis, das sich ihm da offenbarte, und er sog den Duft ihrer Brust auf wie eine Droge. Dann hörte er wieder ihr Lachen, sie zog ihr T-Shirt über seinem Kopf und das kleine Bustier vor seiner Nase weg. Noch ehe er die Augen öffnete, wusste er, er würde das, was er nun sah, nie mehr vergessen, und es würde ohne Wenn und Aber das Schönste sein, was er je gesehen hatte.

Fast ohnmächtig vor Erregung begriff er, dass Maras Finger seine Hose aufknöpften. Herunterstreiften. Auch die Unterhose. Dass sie seinen – seinen steifen Penis berührten, ihn umfassten, ihn bewegten, fast so, wie wenn er – wenn er –

Aus seiner Kehle löste sich ein Wimmern, das zu einem Schrei anschwoll, einem langen Schrei, der sich überschlug wie im Stimmbruch, vielleicht war er noch ein bisschen im Stimmbruch, ein Schrei in den Wald, in die Welt, durch ein Tor, vor dem sich eine leuchtende Landschaft erstreckte.

Er sank zur Seite und blieb überwältigt liegen, er wusste nicht wie lange. Dann sah er, wie Mara sich neben ihm hastig auf den Bauch drehte und ihr T-Shirt an sich zog. Er fuhr herum.

Nur ein paar Meter entfernt stand der Jogger an der Lichtung. Jens' Wunsch, in der Erde zu versinken, blieb unerfüllt. Die einzige Wahl, die er auf die Schnelle hatte, war ob er dem Fremden weiter seinen Penis zeigte oder seinen Hintern. Die Hose hing ihm in den Kniekehlen fest, es dauerte eine Ewigkeit, bis er sich bedeckt hatte.

»O Gott«, stieß der Jogger hervor, die Hände in der Luft, »o Gott.«

Es war eigentlich nicht seine Zeit. Dienstagmorgens operierte er. Doch wegen einiger Grippeausfälle im Team mussten die Termine dieser Woche verschoben werden. Also hatte er sich, obwohl selbst am Rand einer Erkältung, aufgerappelt, die Laufschuhe angezogen und war los, nicht am Fluss entlang wie sonst an Werktagen, sondern mit dem alten Saab an den Wald, um vor Beginn seiner Sprechstunde noch die ganz lange Runde zu machen. Den Kummer abzuhängen, der Verzweiflung davonzurennen. Denn vor Tagen war endgültig geworden, was er schon so lange und hilflos hatte kommen sehen und was spätestens seit dem abgeblasenen Sommerurlaub unabwendbar schien: Er hatte die Frau seines Lebens nicht bei sich halten können, Elke hatte ihn verlassen.

Und nun dies.

Ein heimliches, frühes Glück auf dem Waldboden, vielleicht ein erstes Mal. Und Erik Delius trampelte mitten hinein. Was mochte so eine Erfahrung mit den zwei jungen Menschen anrichten? Und was für eine grauenhafte Rolle fiel ihm dabei zu? Wie sollte er sich das je verzeihen?

Trotz oder vielleicht wegen dieser Fragen blickte er den beiden noch einmal ins Gesicht. Nun bemerkte er das blaue Auge des Mädchens. Der Verband um ihren Unterarm musste schon älter sein.

War sie freiwillig hier? Nachzufragen schien ihm unangebracht, nicht nachzufragen verantwortungslos. Keine Anzeichen dafür, dass weitere Menschen in der Nähe sein könnten. Nur die beiden und er.

»Müsstet ihr nicht in der Schule sein?«

»Wir haben Projekttage«, rief das Mädchen wütend.

Erik presste sich die Hände in die Locken, als müsste er seinen Kopf am Bersten hindern. »Es tut mir leid, es tut mir so leid, das könnt ihr euch gar nicht vorstellen.« Mit diesen Worten lief er wieder los, quer über die Lichtung, verschwand im Gehölz, auf einem Weg, der weiter in die Senke hinabführte und der Mara und Jens zuvor nicht aufgefallen war. Es schien Jens, als hätte er diesen Mann schon einmal gesehen, doch er wusste nicht, wo.

»Was tut dem denn leid?«, fragte Mara.

Sie hatte ihr T-Shirt wieder an und war aufgestanden. Aus der Traum. Jens kauerte immer noch im Gras, vor lauter Scham zu keinem klaren Gedanken fähig. Der nackte Jens, im Wald erwischt. Der Jogger hatte alles gesehen. Alles. Die Schule. Kurz vor halb elf, kleine Pause nach der dritten. Sein Füller. Einen Finger voll Mara. Vielleicht wäre das gar nicht so schwer, nach dem, was eben passiert war. Was sie bei ihm gemacht hatte. Vielleicht müsste er nur ein bisschen mutiger sein, es ihr einfach sagen, vielleicht wäre sie bereit, ihr Höschen vor ihm auszuziehen. Höschen, auch so ein dummes Wort. Gab es kein besseres? Schlüpfer, Slip? Schon gar nicht. Und Unterhose klang wie etwas aus der Kindheit, das in dem Alter, das man jetzt erreicht hatte, anders heißen musste. Und wie kam er überhaupt darauf, dass er es ihr sagen könnte? Nie und nimmer brächte er es fertig. Nie und nimmer. Was mochte Mara jetzt denken? *Projekttage.* Dass ihr so etwas in dem Moment eingefallen war. Unglaublich.

Er bemerkte, dass seine linke Hand in etwas Nassem lag. Ein wässrigweißer Fleck im Gras.

Sein Erguss. Entsetzt sprang er auf.

»Jetzt beruhig dich doch mal.« Sie war ihm hinterhergeeilt, unter die vordersten Bäume, packte ihn bei den Schultern. »Das ist ja nicht auszuhalten so.«

Er rieb seine Hand hinter sich an einem Baumstamm ab und brachte nur ein einziges Wort heraus, aber dieses Wort war immerhin *Mara*. Sie blickte ihm prüfend in die Augen.

»Findest du jetzt nicht mehr, dass es zu zweit besser ist?«

»Doch. Doch, natürlich.«

»Also was ist dein Problem?«

Darauf stotterte er sich einiges zusammen über den Typen, der sie beide gerade, und über Rille und Hakan, denen er doch, und natürlich brach er ab, bevor er irgendetwas ausgesprochen hatte.

Ihr Blick, der ihn nicht losließ. Ihre Lippen mit dem kleinen Ring. Der Wolkenschleier war dünn geworden, bleicher Sonnenschein fiel auf die Lichtung. Dort lag auch noch seine Jacke.

»Vielleicht ist es ja unser Schicksal, dass uns dauernd jemand reinplatzt. Dann müssen wir uns eben daran gewöhnen.«

Wieder so eine Bemerkung, die ihn für eine Weile sprachlos machte.

»Heißt das, du findest es auch besser zu zweit?«

»Hach, Jenslenz. Manchmal kannst du wirklich nerven.«

Doch anstatt sich von ihm abzuwenden küsste sie ihn.

Und nach ein paar wirren Augenblicken kam ihm in den Sinn, wie schön es wäre, einfach diesen Küssen zu vertrauen. Diesem Gefühl, dass die Welt sich weitete, sich öffnete, eine Unzahl von Wegen, von Möglichkeiten bot; dass er Anlauf nehmen und abheben konnte, losfliegen, wohin er wollte.

Ob sie auch so ein Gefühl hatte?

Das Messer, ihre Tat. Wie sollte er ihr nach dem Messer noch vertrauen?

Aber sie war ja hier, sie lebte weiter. Musste das Messer trotzdem mehr bedeuten als das, was er jetzt spürte? Die weite Welt. Und die Scheißwelt. Wie ertrug man, dass beides stimmte?

»Du küsst übrigens sehr gut«, sagte sie und streichelte sein dankbares Feuermeldergesicht. *Wollen wir zusammen ab-*

hauen? Die Frage lag ihm plötzlich auf der Zunge, doch er verschob sie auf später.

Ihr Gesicht an seinem, kaum ein Halm dazwischen. Ihre großen Sommersprossen. Ihre Nasenflügel, die beim Einatmen fast unmerklich zitterten. Die dunkle Schwellung unter ihrem Auge, von einer breiten Strähne bedeckt. Ein Zeisig, der eben noch gemeckert hatte, war verstummt. Stille im Wald. Mara hielt ihr Ohr an die Erde gepresst. Bis der Wind sich wieder in den Zweigen am Rand der Lichtung regte.

»Hast du was gehört?«, flüsterte Jens.

Michael Ebmeyer
Plüsch

Roman
KiWi 823

Zwei Freunde, ein Sofa, ein Ultimatum:

»Plüsch« ist die Geschichte von Tim Schadeck und Karel Maul, den heimlichen Helden der Jahrtausendwende. Maul hat die Nase voll von der ewigen Herumdümpelei und überredet Tim im Herbst 1998 zu einem Pakt: »Wenn sich unser Leben innerhalb von zwei Jahren nicht entschieden gebessert hat, dann ist Schluss«.

»Voller Witz und Wärme erzählt Ebmeyer in einer schnoddrig-poetischen Sprache von Freundschaft, von Träumen und von der Angst in der falschen Zukunft anzukommen.«
Brigitte

Michael Ebmeyer
Henry Silber geht zu Ende

Erzählungen
KiWi 613
Originalausgabe

Subversiv und poetisch und mitunter grotesk erzählt Michael Ebmeyer von einer Welt, in der mancher vielleicht scheitert, aber das mit Stil – und ganz bestimmt nicht ohne Widerstand.

»Ein pointierter und unterhaltsamer Autor mit viel Sprachgefühl.« *Nürnberger Nachrichten*

»Seine Geschichten sind rebellisch, poetisch und überraschend, witzig und melancholisch, alles auf einmal.« *taz*

Ronald Reng
Fremdgänger

Roman
Kiwi 894
Originalausgabe

Ein Deutscher, der in London als Investmentbanker arbeitet. Eine ukrainische Studentin, die in Kiew in der U-Bahnstation Klarinette spielt. Zwei Menschen, zwei Welten treffen aufeinander, als Tobias Linderoth Larissa kennenlernt. Einfühlsam, sanft und schonungslos zugleich, erzählt der Roman von einer Ehe zwischen Ost und West, wie sie heute selbstverständlich erscheint – die aber keineswegs als selbstverständlich behandelt wird: Von Fremden und Freunden mit Skepsis betrachtet, müssen Tobias und Larissa sich selbst und aller Welt beweisen, dass ihre Liebe wahrhaftig ist.

»Ronald Reng beweist eine nahezu geniale Beobachtungsgabe.« *Saarländischer Rundfunk*

Paperbacks bei Kiepenheuer & Witsch KiWi PAPERBACK www.kiwi-koeln.de

Julie Orringer
Unter Wasser atmen

Storys
Aus dem Amerikanischen von Bettina Abarbanell
KiWi 875
Deutsche Erstausgabe

Julie Orringers Geschichten handeln von jenem Moment, in dem das Leben einen zwingt erwachsen zu werden. Ihre Heldinnen erleben die verwirrenden Gefühle von Sehnsucht, erster Liebe und Kummer. Sie straucheln und finden doch ihren Weg in die fremde Welt der Erwachsenen. Denn alle lernen, unter Wasser zu atmen.

»Wenn man einmal mit ›Unter Wasser atmen‹ begonnen hat, wird man nicht mehr aufhören können. Orringers Geschichten sind von herrlicher Reife und großer Anmut.«
Elle

»Julie Orringer schreibt komplex und mit viel Humor. Ihre Geschichten zeugen von einer eindringlichen Intelligenz und einer bemerkenswerten Selbstsicherheit.«
Boston Globe

»Kaum hatte ich das Buch ausgelesen, kaufte ich mir eine Erstausgabe und noch ein zweites Exemplar für den Geburtstag eines Freundes. So toll ist das Buch.«
Nick Hornby